KB151829

하늘에서 울다

# 하늘에서 울다

© 2022 배재경

**초판인쇄** | 2023년 1월 05일
**초판발행** | 2023년 1월 10일

**지 은 이** | 배재경
**편 낸 이** | 배재경
**펴 낸 곳** | 도서출판 작가마을
**등    록** | 제 2002-000012호
**주    소** | 부산광역시 중구 대청로 141번길 15-1 대륙빌딩 301호
          서울시 도봉구 도당로 82(방학1동, 방학사진관 3층)
          T. 051)248-4145, 2598   F. 051)248-0723   E. seepoet@hanmail.net

ISBN 979-11-5606-213-4 03810   정가 10,000원

※ 이 책의 무단전재 및 복제행위는 저작권법에 의거, 처벌의 대상이 됩니다.

작가마을 시인선 58

# 하늘에서 울다

배재경 시집

도서출판
작가마을

어줍잖은 시를 내보낸다.

그간의 시들과는 조금 다른 항일시와 미제국주의를 바라보는 시, 국민을 매물로 이전투구에만 눈이 먼 몰상식한 여의도 1번지를 비난하는 시 등 삐딱한 시선으로 담아낸 시들만 모았다.

우리시대에 아직도 이런 시가 필요하다는 사실이 서글프다. 특히 최근의 정부는 국태민안이 아닌 국민불안을 조성하는 분들만 모인 듯하다.

우리의 70-80년대는 리얼리즘의 사회였고 문학도 그것을 담아내기 바빴다.

그 숨막히는 시대를 지나 개성주의 시대를 살아온지도 어언 40여년,

사람을 사람이라 말하지 못하고 국민들의 눈과 귀가 온갖 정신병을 앓아야하는 시대로 다시 회귀하는 2022년 겨울, 대통령은 사실적 비판보도를 한 특정언론사를 팽치고 국민의 입과 귀를 막았다. 더 기가 찬 것은 그걸 방조하는 여타 언론들이다. 몇몇만 빼고 모두 방조의 보도만 하는 삼류 언론인들이 판을 치는 한 우리의 민주주의는 퇴보를 거듭할 수 밖에 없다.

‘한국의 문제는 대통령이다’라는 외신보도가 새삼 떠오르는 순간이다.

오늘도 우크라이나 소녀들은 총을 들고 전장으로 나간다.
나라는 지키는자가 없을 때 속박받기 마련이다.
그럼에도 무조건 일본과 미국만 등에 업고자 하는 사대주의들이 활개치는 나라이니….
아니 절망할 수 있으랴.

이 시집의 시들은 10년이 넘은 시, 최근 시 등 그간 짬짬히 울분으로 쓴 시들이 대다수다. 그래서인지 문학이 요구하는 상상력의 시들과는 거리가 멀다. 그렇다고 외면하기엔 현실을 부정하는 것같아 내 시의 갈래길이기에 그냥 한자리에 묶어두고자 한다. 이는 아무리 하찮아도 내 자식은 이쁘고 아픈 것과 같다.

부디, 독자들의 이해를 구하는바다.

2023년 새해
배재경

● 배재경 시집

시인의 말 __ 004

:::::::::::: 1부 ::::::::::::

여배우 송혜교 __ 011
호주교민 양재현 __ 013
십팔 번을 버리자 __ 014
전범을 고발하다 __ 016
유니에게 – 유니클로 __ 018
어베는 테럼프 충견이래 __ 020
닛산 __ 021
고발합니다 __ 022
시인들이 나섰다 __ 025
렘지어 매춘 __ 027
치미는 욱! – 테럼프 __ 029
밤 고양이 – k에게, 혹은 부쉬에게 __ 031
유리가면 – 부쉬 친서 __ 033

:::::::::::: 2부 ::::::::::::

윤열검시 __ 037
순실씨, 절망하다 __ 038
어처구니 __ 040
순실이와 진실이 __ 042

순실이의 봄 – 어처구니 2 ___ 044

감언이설 – 수신거절 할 것이므로 나는 방사한다 ___ 046

민생 ___ 048

붕붕 파리떼 – 너희들이 여의도를 아느냐 ___ 050

삵쾡이 한 마리 둥지를 탈출하다 – 중권에게 고함 ___ 052

기괴한 만장 – 국회의원 선거 ___ 054

:::::::::: **3부** ::::::::::

하늘에서 울다 ___ 057

DMZ ___ 058

만경봉호 ___ 059

달의 뼈 ___ 060

변비 – 2022년, 다시 소환하다 ___ 062

국민소득 3만불이라는데 ___ 064

짬뽕 – 새터민 박 ___ 065

유채꽃 만찬이 왜 하필 사월이냐 – 4.16 ___ 066

나 이런 나라에 살고 있네 ___ 067

통일뿐이다 – 우리는 언제까지 외면당해야 하는가? ___ 070

고현철 형에게 ___ 073

심판의 날 ___ 075

• 발문 _ 오늘 우리들, '기사시記事詩'로 만난다 ‖ 김준태(시인) ___ 078

작가마을 시인선 58

하늘에서 울다

배재경

제1부

# 여배우 송혜교

인기배우 송혜교를 아시나요?

투명한 눈빛이 호수를 담듯 맑은 여배우
도톰한 입술로 뭇 남성들의 심장을 가로지른 여배우

송중기와 결혼해 부러움과 미움을 샀던 여배우
대한민국을 넘어 아시아 전체로 인기를 누렸던 한국의 여배우

송혜교가 출연한 영화나 드라마를 당신은 본적이 있나요?

그 송혜교가 그냥 배우가 아니구먼유
그 송혜교가 이쁜 얼굴로 인기나 팔아먹는 배우가 아잉기라요
그 송혜교가 이것저것 인기작만 잡아먹는 공룡이 아니당께요
그 송혜교가 여의도 시정잡배들과는 참말로 다르메요

왜냐고요?

보세요

대한민국 정부조차 외면해온
중국 충칭 임시정부 역사유적지 한글 안내홍보물 제작
일본의 전범기업 미쓰비시 자동차 광고모델 거절

봉오동 전투 100주년 기념
카자흐스탄 크질오르다주립과학도서관에
홍범도 장군 대형 부조작품 기증
세계적 미술관에 한국어 브르셔 설치

대한민국 정치인들이 이런 일을 했나요?
대한민국 세계적 기업들이 이런 일들을 했나요?
당신은 이런 일들을 해 보았나요?

반성합니다.

다시 보는 송혜교!
다시 읽는 여배우
다시 태어나는 송혜교!

# 호주교민 양재현

일본제품 불매운동이 한창인데
이번에는 호주에서 가슴 벅찬 소식이 날아든다
우리 교민 41세 양재현씨.
BIG W 백화점에서
욱일기가 그려진 티셔츠가 판매되고 있는 것을 보고
고객센터에 달려가 판매중단을 요구,
공정거래위원회, 시드니모닝헤럴드 등
다각도로 일본의 군국주의 상징을 알리며 철수를 요구
마침내 백화점으로부터 정중한 사과를 받았다
모든 매장에 욱일기 디자인 제품을 내리겠다고
이 얼마나 뿌듯한가
한 사람의 용기가 민족성을 살리고
아세안 사람들의 평화를 구축했다

세계 어느 곳에 있건
당신은 한국사람!
우리는 단군의 자손!
우리는 대한민국 사람!

# 십팔 번을 버리자

이제 십팔 번을 버려야겠다

멋모르고 내질렀던 나의 십팔 번들
즐거울 때마다 늘 따라다닌 나의 십팔 번
그녀를 앞에 두고 뜨겁게 뜨겁게 호소했던 나의 십팔 번
쓸쓸함에 방황하다 찾아든 노래연습장
내 십팔 번, 십팔 번이 어디 있지? 노래책을 뒤적이던
까짓것 세상사 이렇고 저런 것, 마음 놓고 내지르던 십팔 번
그동안 이 산, 저 산에서
이 골목 저 골목에서 흥얼거리던
결혼 뒷풀이에서 얌마, 너 십팔 번 불러
행사 끝낸 홀가분함에 자꾸 이놈 저놈 할 것 없이 끄집어내
었던 십팔 번
누구랑 된통 싸우고 기분 전환한다며 잠 깨웠던 십팔 번
내 가슴 밑바닥에서 심심찮게 호기를 부렸던 그 십팔 번들
오늘부로 해고다
오늘부로 싹뚝 잘라 버릴란다
이제 나보고 십팔 번을 부르라 하지마라
나 아닌 누구에게도 십팔 번을 요구하지 마라

나 오늘 십팔 번의 실체를 알았다
저 바다 건너 우리 민족을 조센징이라고 부르는 건방진 것

들이
　제일 좋아하는 행운의 번호가 십팔 번이란다
　왜 아무도 그걸 안 알려주었을까
　노래에 취해 그놈들 행운의 번호를 주억거리며
　저놈들 복을 빌고 있었다니
　쉰 네 번의 3.1절을 기념하면서
　한 번도 부끄러움을 몰랐었네, 아이 부끄러워라
　이제 십팔 번을 묻어버리자
　애창곡, 제일곡, 1번곡, 무수히 많은 낱말들을 두고
　십팔 번이라니, 십팔!
　이제라도 십팔 번을 질겅질겅 씹어버리시압!

# 전범을 고발하다 – 미쓰비시

1873년 이와사키 야타로가 세운 미쓰비시 상회
1차 세계대전으로 디딤돌을 놓더니
2차 세계대전으로 200개의 회사를 거느리는 대기업이 되었
네
아하 미쓰비시여!
그대는 어찌 전쟁으로 부를 축적해야만 했는가
그대는 어찌 남의 민족의 피를 제물로 살아야만 했는가
현대판 협혈귀가 뉘 이던가


미쓰비씨 자동차 광고
거액의 모델료가 주어지는 인기절정의 배우 송혜교
그녀는 미쓰비씨의 광고를 거절했다
한국 최고의 김앤장 집단이 전범기업을 대리하는 변호를 맡
았음에도
그녀는 단칼에 전범기업 광고출연을 거절했다
하얼빈 독립관 운영비가 바닥나 문을 닫을 지경에
송혜교가 1년간 운영비를 지원했다
한국정부가 외면해온 그 일들을 송혜교가 했다
송혜교가 대한민국이 아니고 무엇인가
이제부터 나, 송혜교 팬이 되것구나


그 어떤 것도

전범을 사랑할 수 없는 거여

아!
쓰벌, 김앤장!

## 유니에게 - 유니클로


유니! 유니!
오, 사랑스런 유니?
너 누구냐?
언제부터 이 나라의 젊음을 빼앗아 갔느냐?

젊음의 거리마다 화려하게 난봉질을 하더니
마침내 이면의 더러움이 드러나는구나
오! 유니!
오카자키 타케시*는 허무맹랑
뭐? 오래 못간다구?
이게 어디 한국 사람을 병신으로 아나!

타케시, 함 보까
학생들이 거리로 나섰다
상인들이 거리로 나섰다
택배원들이 배송을 거부한다
마트 직원들은 일본 상품 안내 거부
여기저기 단체들이 피켓으로 무장한 채 봉두난발 거리로 나
섰다
이왕지사 이놈 저놈 할 것 없이 모두 거리로 나섰다
니, 우짤래?

8월이 뜨겁게 달아오르고
벌써 8곳이 폐점이구나

유니! 유니! 유니야!
그만 욕 먹구 후딱 가거라이!

* 유니클로 최고 재무책임자

# 어베는 테럼프 충견이래

오, 불쌍한 우리 어베
이번에도 어김없이 테럼프의 충견으로 살아가누나

우리에게 지금 옥수수가 너무 많아
어베 너가 사줘
그냥 수백만 달러만 사줘!

불쌍하여라
중국이 외면한 옥수수 275만톤
테럼프 지지기반 농가들이 옥수수 반값으로 떨어져
테럼프의 위기가 왔는데 어베가 어베가
테럼프의 구원타가 되었네
충견! 충견!
세계적으로 소문난 테럼프 충견 다운 행동

원래 강아지는 주인에게 충직한 법이다
테럼프가 어베의 주인인지는 모르지만
어베는 충견의 당당한 모습
테럼프의 눈치에 100점 만점을 받아 희희낙락
아메리카에 빌붙어 한국을 쪼아대는 모습
여전히 변함이 없구나

# 닛산

닛산이 간다네
어쩐다냐, 이걸 어쩐다냐
우리 땅에 왔음 잘 살어야제
왜? 간다냐?
58대밖에 못 팔았다구?
에이 대일본제국의 기업이 존쫀하게 구냐
손해 봐도 그 자리 그대로 지켜!
너네들 자존심이 있지

철수! 철수!
오, 북미에서도 마이너스 98.6%
닛산의 고향 일본에서도 마이너스 68.6%
유럽은 2분기 마이너스 1,100억원
얘들이 이래 갖구 글로벌 기업이냐
얘들이 이래 갖구 큰 소리 친거냐
에이!
우리 한국에 들어온 게 부끄럽다
이 나라가 어떤 나라인데,
요런 기업이 와 설쳐대냐
후딱 가버려라잉!

* 모든 수치는 2019년 9월 5일 알려진 수치임.

# 고발합니다

2015년 JTBC 탐사보도에
유니가 등장한다

코리아 그랜드 세일, 블랙프라이데이

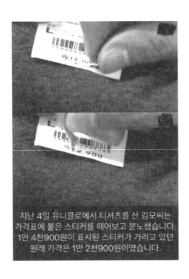

지난 4일 유니클로에서 티셔츠를 산 김모씨는
가격표에 붙은 스티커를 떼어보고 분노했습니다.
1만 4천900원이 표시된 스티커가 가리고 있던
원래 가격은 1만 2천900원이었습니다.

어? 이런 싸가지가 있나?

더 기막힌 사실은 제조연월을 확인하자 1년도
넘은 제품이었습니다. 코리아 블랙프라이데이에
맞춰 재고품에 가격을 더 올려 붙인 뒤 팔아온
겁니다. 직접 매장에 들러 확인해봤습니다.

이런 도둑놈이!

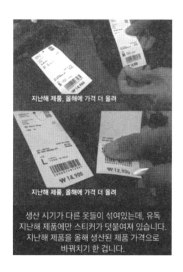

생산 시기가 다른 옷들이 섞여있는데, 유독
지난해 제품에만 스티커가 덧붙여져 있습니다.
지난해 제품을 올해 생산된 제품 가격으로
바꿔치기 한 겁니다.

이런 호로자식이 있나!

티셔츠는 2천원, 바지는 1만원이나 비싸졌습니다. 코리아 블랙프라이데이 일환으로 싸게 판다며 걸어둔 4만 4천900원짜리 점퍼는 사실 지난해 3만 9천900원에 팔던 물건이었습니다.

이런 씨팔 것들에게 농락당했다 말이가?

아이구, 뭐? 지세븐 선진국?
에라이 개밥그릇에나 처박을 넘들아!

잘 처 묵고 자빠져라이!!!

# 시인들이 나섰다

어베가 8월의 더운 여름을 더 푹푹 찌게 만들던 날
보다 못한 시인들이 나섰다
일본 영사관 근처 정발장군 동상 앞
위안부상과 강제노동자상이 있는 그곳에서
아베의 수출보복을 규탄했다
삼삼오오 하나둘 시만 쓰던 시인들이
시집을 팽개쳐두고,
일터의 펜대를 던져두고
NO! JAPAN! 이라는 핏대를 세운다
36년도 모자라 아직도
반성이라고는 먼지의 때만큼도 없는 족속들아
너희가 동아시아를 꿈꾸고
너희가 대륙의 찬탈을 꿈꾸면서
그 꿈속에서 맥없이 죽어간 우리 동포들
그 원혼을 달래기는커녕 아직도 큰소리로 굴종을 요구하는
구나
어허구나, 지랄맞을
책가방을 던진 고등학생
농기구를 만지던 농부
한두 푼의 이익을 위해 하루를 사는 날품팔이들이며
거리의 상인들도
모두가 노 재팬을 외치는데

대한민국의 문화지식인은 한넘도 없구나

작가회의고 민족예술이고 국제펜이고 문인협회고 다 어딜

갔느냐

보다 못해 부산의 시인들이 나섰다

뒤늦게 동참하지나 말아라

NO! JAPAN!

※ 뒷늦게 한국작가회의, 한국문인협회, 국제펜한국본부 등이 공동으로 성명을 발표했다.

# 렘지어 매춘

렘지어,

렘지어,

처음엔 미래를 담보하는 특효약인가 했다

코로나가 극심하니 새로운 용어만 나와도 솔깃하다

더구나 하바드인지 하버드인지 대학 교수란다

지구촌을 경영하는 아메리카 최고대학의 교수란다

글씨, 그눔이 지랄병을 맞았는지

햄버거 처먹다 모가지에 비계 딱지가 걸렸는지

우리를 생까고 있다

대한민국을 통째로 텅 허니 차버리고 있다

이눔을 우째 해버릴까나

일본 넘들에게 당한 것보담

저눔 렘지인지 렘비인지

주둥아리를 지져야 하는디


어쩌누, 우리 누이들

남의 나라 채찍에 몰려

전쟁터 천막 안에서 유린 당한 누이야

그 통한을 저눔이 깡그리 무시해대니

저 아메리카 잡눔이

일본 넘들에게 정신을 팔아먹는 매춘을 해대디

로스쿨 교수란 넘이 국제 매춘을 일삼으니

참 가관일세

요즘은 교수 자격이
거짓부렁이 철철 넘쳐야 되는 직장인 겨?

* 램지어: 미국 하버드대 로스쿨 교수. 한국의 위안부를 매춘부로 규정하여 비
  난을 받음.

# 치미는, 욱! – 테럼프

부산역 대합실 텔레비전 속의 작업복 사내가
무어라 무어라 하는데 잘 들리지는 않고
화면 가득 미합중국 대통령의 유난히도 두꺼운 입술이 클로
즈업!

서너 칸 앞의 사내가 갑자기 벌떡 일어나 소리 지른다
저 씹새끼들을!!!

뭐? 뭐야? 뭔 일이래?

나는 동공의 창을 활짝 열며 사내를 올려본다
사내는 막 누웠다 일어난 듯 왼편 머리카락이 마구 짓이기
져 오그라들었다

다시 사내는 텔레비전 속으로 빨려갈 듯 신속하게, 아니 잽
싸게 서너 걸음 내딛으며

씨팔, 우릴 저거 따까리로 아나, 시불눔!

씩씩거리는 모양이 금새 누구라도 시비를 붙을 모양새다

어! 어! 이거, 앉아 있기 불안하다

갑자기 겁이 난다 저 사내가 내게 달려들면 어쩐담?

주위를 둘러보니 다른 사람들은 무표정히 폰을 만지거나 연인들은 뭐가 그리 좋은지 조잘조잘 서로 눈을 보며 하트만을 날리는데,,,

사내가 다시 텔리젼을 향해 오른 발을 들어 뻥 공을 차듯 내지른다
돌아서는 사내의 얼굴이 꾀죄죄하다
텔레비전에는 미합중국 대통령이 도망 간지 오래인데
사내는 아직도 화가 삭지 않은 듯 얼굴 가득 철쭉 철쭉을 피운다

와 저러지?

* 따까리: '닦아주다'의 뜻이나, 정작 해야 할 당사자를 대신해 닦아준다, 즉 '뒷치다꺼리해준다'의 비속어로 쓰인다.

# 밤 고양이 — K에게, 혹은 부쉬에게

고양이 한 마리 천천히 아주 천천히 무리에게 간다
무리의 곳곳을 누비며 부드러운 가슴 털과
초롱한 눈망울을 굴리며 때로는
앞발과 뒷발을 총동원하여 무리 속으로의 편입을 꿈꾸는 고
양이
어느덧 고양이 무리의 일원으로 둥지를 튼다
아주 흡족한 듯 실실거리는 웃음을 흘려보낸다
이제 문을 열었으니 정복은 식은 죽 먹기야
만면에 웃음을 머금은 고양이의 수염이 달빛을 받아 반짝인
다
처음 무리에게 올 때의 고요함처럼 서서히
날카로운 발톱을 숨긴 채 사뿐 사뿐
매일 밤 흥건하게 주흥을 열고 탐닉을 제공한다
어느 사이 무리는 안개가 되고 벽이 되어 흐느적거리고
고양이, 그 기회를 놓칠세라 무리의 어른들을 하나하나 탄
압해나간다
아주 부드럽고 강하게
물 스미듯 고양이의 비수는 은밀하게 은밀하게 유영한다

이제 그 누구도 고양이 앞을 가로막는 자 없다
웅크린 몸집만 보고도 두려움으로 비칠비칠 비켜나기 바쁘
다

〉
오, 저 당당함의 서글픔이여!

*(CNN 긴급타전)*미국은 *51*번째 주를 극동에 세우기 위하여
"악의 축" 이라는 작전명 아래 최첨단 스텔스 폭격기를 한반
도 상공으로 긴급 출격, 대대적인 공습에 들어갔습니다.

## 유리가면 - 부쉬 친서

그대는 나의 뜨거운 우방국일세
오늘날 그대 집안을 일으킨 건
우리의 배려와 협력 없이는 불가능했을 것 일세
그대 몸조심하게
함부로 고래고래 소리치지 말게 나
그러다 이웃들 놀래 키면 어쩔 것인가
그리고 북쪽 친구들 너무 감싸 안지 마시게
북쪽은 위험한 사람들의 공화국이지 않은가
우리 같은 평화주의주자와는 다른 사람들 일세
우리가 이라크 해방을 위해서 얼마나 고생한 줄 아는가?
나는 아메리카를 위한 일이라면 세상 그 어떤 불상사도 마
다하지 않을 것이네
중동이 박살나고 아프리카 사람들이 굶주림에 죽어가도
나는 꿈쩍 않을 걸세
그대가 무지하다 하여도 나는 조으네
그리고 바다 가운데 종잇조각 같은 돌부리에 뭐 그리 난리
질인가
너무 핏대 세울 거 없지 않는 가
신경통은 잘못 다스리면 큰 병이 나는 법이네
다, 그대를 걱정해 하는 말일세

자네와 나는 목숨을 함께 한 친구 아닌가

요즘 무더워지는 날씨에 그대 집을 지키는 우리 아이들 고생이 많다네

그러니 내년에는 주둔비 두둑이 올려주시게나

다 좋은 게 좋은 거 아닌가

그럼, 그대만 믿네

그리고 그대도 내 집에 함 들리세

혹 내가 없더라도 섭섭다 말고 차나 한 잔 하고 가시게

그대 잘 알다시피 지구를 다스리는 게 쉽지않아 언제나 바쁘다네

아무튼 잘 버티고 살아 보시게나

제
2
부

# 윤열검시

개가 주인을 물면 어떤 일이 생길까?
몽둥이 세례가 약이당!

하긴, 주인을 밟고 주인이 되는 세상
왕을 죽여야 왕이 되는 세상도 많았으니
딱히 할 말도 없다

그런, 역사가, 있었구나
그런, 불명예가, 기승을, 부렸던, 세상

그렇담 나도 담 세상엔
주인을 물어뜯는 개로 한번 살아볼거나
安東居士로 태어나
검찰청 안팎에서 컹! 컹! 컹!
나랏님 거소의 문을 부수고 들어가
캉! 캉! 보이는 족족 물어뜯는 改過遷善의 삶

와우! 이거야말로 낭만자객!

어쨌거나 주인을 물면
몽둥이가 약이라는데...
한번 해봐?

# 순실 씨, 절망하다

순실 씨,
남편사망 보험금으로 시작한 분식집
두 아이 잘 키우겠다고 서글픔을 곱씹으며 시작한 분식집
여자 손으로 당장 할 수 있는 것이 음식장사이기에
혼자 남겨진 눈물조차 펑펑 쏟을 수 없었던
그 분식집의 순실 씨,
더는 버틸 수 없어 꽃잎 분분한 4월 16일 문을 닫는다
눈물과 희망의 3년
전세금은 밀린 임대료에 차압당하고
식재료상 빚만 덩그러니 명세서 가득하다
내가 이럴려구 장사했던가
남편의 보험금은 안개처럼 스멀스멀 사라져가고
알바비라도 아끼려 밤낮 애써온 흔적들은
허리병 관절병으로 절거럭절거럭 빈 양푼처럼 요란하다
22개월이나 밀린 건강보험금이
순실 씨의 병원 문마저 막아서는데,
지푸라기처럼 흐트러진 아이들만
빈집을 서성이며 순실 씨 기다리고 있는데
누구는 부모 잘 만난 것도 능력이라더만
우리 아이들, 초롱한 눈망울
순실 씨 가슴에 송곳처럼 파고드는데
불 꺼진 분식집

순실 씨 홀로 어깨를 들썩인다
길 건너 홍등가, 낯선 무당이 굿을 한다
무당의 흥청멍청 너울너울 춤사위가 요란하다

# 어처구니

순실 씨,
잘 나가던 미래문화사업을 말아먹고 나자
친구도 단체도 동료도 모두 나몰라라다
식당 일이라도 해야 아이들이라도 거둘 터
이것이 세상이다를 실감하는 중, 인, 디,
인생을 참 뻔뻔하게 헛살았다를 반성 중, 인, 디,
문자 하나 날아든 당

　순실님의 예금계좌를 국민몰염치정부에서 압류등록하였음
을 알려드립니다

　제기랄, . . . .
　그럼, 취직 허먼 월급은 우짠다냐? 뭐 묵고 살어라고!

　그런데 더 웃기는 건
　이거다

　항상 저희 대한민국은행을 이용해주시는 고객님께 감사드
립니다
　정보통신망법 제50조 8항에 따라 광고성정보 수신정보고객
인 순실 님에게는 다음과 같은 혜택을 드립니다

- 대한민국은행 VIP카드 발급
- 각종 경품제공
- 사은행사
- 무이자 할부 이벤트 혜택 정보……

그만 휴대폰을 냅다 던지는 순실 씨
쓰벌, 지금 죽겠는데, 뭐? 대한민국 VIP 카드!

대한민국으로부터 절연통보를 당하고도
이렇게 우롱당하는 우리의 순실 씨,

어쩐 담!
연체자는 국민이 아닌가보다!

어디 가서 살어라꼬?
그만 이 자리에서 팍 죽으뿌라 이거 아이가?

쓰벌, 나랏돈은 저들끼리 다 해처묵으면서,

순실 씨,
울며불며 떠나는 버스 뒷꽁무니로 달겨든다

# 순실이와 진실이

언론에서 최순실 최순실 이름을 자주 보고 듣다 보니
이게 어째 자꾸 친근감이 든다
자꾸 노출 시켜 친근하게 만드는 것이 광고전략인데,
내가 어느새 순실에게 빠져든 느낌이다
그런데, 순실 순실이 하루는 진실 진실로 바뀌진다
작고 예쁜 얼굴로 남자는 여자 하기 나름*이라는던 진실
그녀가 브라운관을 누비며 나를 매혹시켰던 그대 그리고 나*
아직도 유튜브 영상으로 진실을 만나고 있는 중인 디,
어느 날 진실이가 이 나라를 쫑낸 여자로 둔갑했다
이건 또 뭔 드라마야?
진실이가 아직도 건재한가?
이상타, 드라마 제목이 뭐람?
쓰벌, 이게 뭔 씨나락까먹는 소리인지
어쩌다 내 사랑 진실이가 순실이가 되고 순실이가 진실이로
내 앞에 나타나는지
도무지 햇갈리기 시작한다
내가 왜 이러나
최진실, 그녀의 톡 쏘는 특유의 애교 연기를 보다가도
갑자기 넓적둥그스러운 순실이가 나타날까 두렵기 시작하는
요즘
왜 자꾸 최순실이 최진실로 보일까?

순실이 휘두른 진실의 지휘봉은 깊은 낭하의 계곡에 숨어 있는데

진실이, 진실이 뜨겁게 나를 쏘아보는데

* 최진실이 출연했던 광고 문구
* 박상원, 최진실 주연의 주말드라마. 1987년 최고의 시청률을 기록했다.

## 순실이의 봄 - 어처구니 2

순실 씨,
따뜻한 봄날, 잘 차려입은 옷 맵씨를 뽐내려 길을 나선다
사람들은 저마다 어화둥둥 가족들, 연인들과 봄 마중 한다
그런데 우째 아무도 순실 씨를 거덜 떠 보지도 않는다
이게 아닌데, 아닌데.

청와대를 나서 광화문대로를 지나고
창경원 동물원과 꽃밭을 지나
강남대로를 휘저어봐도
아무도 쳐다보지 않는 고색창연한 여자! 여자! 여자!
아, 이거 얼마나 울화통이냐

순실 씨, 그 자리에 선 채
명품백을 뒤져 휴대폰을 꺼내 어디론가 전화를 건다

야! 너 국민교육을 어떻게 시켰길래 나라 꼴이 이 모양이야!
길가는 어느 누구도 나를 몰라보잖아!
내가 그렇게 가르쳤는데, 지금까지 뭘 한 거야?
정치를 도대체 어떻게 하는 거냐? 응? 응? 응?
또 이따위로 할 거야?

갑자기 청와대의 비상벨이 울린다

모든 국무대신들이 소환당한다
긴급 현안이 생긴 모양이다

저, 휴전선 너머 일인가?
이거 혹 순실이가 비상계엄령 선포한 건 아닌가?

# 감언이설甘言利說
– 수신거절 할 것이므로 나는 방사한다


8월 폭우가 장난이 아니다
밤사이 영산강이 대책 없이 범람하였고
섬진강은 잠 못 들고 너울너울 춤을 추느라
화개장터의 실종을 외면했다
낙동강 제방이 속수무책 김밥 터지 듯 옆구리를 터트렸다
부산에는 미처 대피치 못한 하천변의 차량들이 참수당하고
항구는 50년을 자랑하던 방파제가 유실되면서
피항의 어선들이 밤새 보초만 서다 꼬꾸라졌다
울릉도에서 귀항하던 유람선이 침몰 직전 구출되었고
피서객들이 코로나의 감시망을 피해 숨어든 계곡에는
주인 잃은 텐트들만 나뭇가지마다
자신들의 주검을 현란하게 내걸었다
거리의 반려견들은 돌아오지 않을 주인을 기다리며
무지막지 태풍 속에서 저항했다
컹컹이는 그들의 요구는 폭우에 가려 누구에게도 전달되지
않았다.
남한강 어귀에서는 떠내려온 지뢰가 터지면서
3남매의 가장은 다시는 찾을 수 없는
자신의 발목을 찾으러 매일 밤 강변을 쏘다녔다
덩달아 어미와 아이들도 아비의 발목을 찾으러 집을 비웠다


그러거나 말거나 가장 안전한 대한민국이 있다

저잣거리 삿대질만 나무하는,
누가 뭐래도 넘버 원 대한민국

## 여의도 1번지!

# 민생民生

이눔 저눔 할 것없이 걸핏하면 민생이다
아니 이놈 저놈들이 모두 민생을 챙긴다면
이 얼마나 좋은 일이냐
나라가 부강하려면 민생이 우선이니
이놈 저놈 할 것 없이 민생을 챙긴다니
그 얼마나 반가우랴


그러나 그눔들


민생 민생을 외치다
기자회견 뒷벽에 '민생부터!'
떡하니 붙여놓고
지들끼리 쌈박질이다
지들의 지들끼리는 더 쌈박질이다


이눔들은 정적 제거, 저거 편 비리 감싸기, 인사비리 덮기…
그러다 국민의 시퍼런 눈길이 고여 들면 민생부터!
그렇게 국민들 호도하려 민생부터!
탄핵이 무서우면 민생부터!
가면을 쓴다, 이런 시정잡배들이 있나!


민생이 너거들 쉬어나는 휴식처냐

민생이 너거들 숨어드는 방공호냐
이런 독구베이비야!

* 독구 베이비(Dog Baby)

## 붕붕 파리떼 - 너희들이 정치를 아느냐

햇살 고요한 고을로 갑자기 파리 떼 몰려 든다
영문을 모르는 畵棟들은 그래도 손님이라고 살 웃음으로 반
긴다
어디선가 마부가 나타나 마구 채칙을 해댄다
파리 떼, 더욱 날쌔게 붕붕 거리며
마을을 뒤집는다
앞집에서는 제초제를 뿌리고
뒷집에서는 에어졸을 살포하고
건너 집 아비는 목이 긴 파리채를 휘두르며
"새끼들-" "새끼들-" 입을 허문다

밤이 밀려가고 밀려오고
해가 그려졌다 지워지고
달도 별도 심드렁히 머물다 가버리고
어느새 파리들은 아이들의 동무가 되어
얼굴 가득 엉겨 붙어 같이 뛰어 다닌다
봄, 여름, 가을, 겨울,
1년이 가고 10년이 가고 100년이 가고
畵棟이 청년이 되고 어른이 되고 할아비가 되어도
붕붕 파리 떼, 차마 떠나지 못하고 머뭇머뭇 제 영역을 사수
한다
한국의 아름다운 美, 저 우아한 黨同伐異의 모습들

붕붕 파리 떼, 오늘도 여의도 밤하늘을 유영하며
새 畵棟의 얼굴을 찾아 붕붕 난리 질을 해댄다

* 당동벌이(黨同伐異) : 같은 패끼리는 서로 돕고 다른 패는 물리침.

## 삵쾡이 한 마리 둥지를 탈출하다 – 중권에게 고함

삵쾡이 한 마리 마침내 둥지를 탈출했다
오랫동안 계획한 듯 놈의 탈출은 시끌벅적했다

둥지를 벗어나면 처음엔 두려움이 없다
아무나 닥치는 대로 물어댄다
그게 방사된 짐승의 특징이다
둥지에서 그를 못 가르친 아비어미의 잘못인지
원래 그런 속물의 짐승인지는 세상 사람들이 안다
간혹 양의 탈을 쓴 늑대라거나
늑대의 허울을 한 양이라는 말을 여러분들은 들었을 것이다
근데 이눔의 삵쾡이는 그 둘을 모두 다 가진 카멜레온이다
고랑통인지
흙탕물인지
산속의 샘물인지를 구분 못하는
오만방자함이 철철 넘쳐 흐른다
오지랖이 허방이 되는 줄도 모르고 둥지를 벗어난 자유를
만끽하는
저 삵쾡이 한 마리
그 삵쾡이의 광대를 뒤쫓아
일거수일투족을 따라다니며 노닥거리는 쥐새끼들은 더 가
관이다
이집 저집 드나들며 헛간이나 들쑤시는 꼬락서니가

어째 자꾸 불안하다
미꾸라지 한 마리 한강물 휘젓듯
둥지의 탈출을 즐기는 저눔들을 어쩐담!
이러다 나라를 통째 말아먹지나 않을지
에이, 그래 봤자, 저잣거리에서 뭉둥질에 나자빠질 삵쾡이
와 쥐새들이 아니던가
그려, 이눔들아, 잘 놀다 어서 자빠져라이~

# 기괴한 만장輓章 - 국회의원 선거

만장에는 무엇을 담는가?

길을 가다 문득 나를 부여잡는 저 펄럭임
세상 만물의 고요를 깨뜨리는 저 흐느적임
참으로 요란한 장례행렬이구나
도대체 누가 가셨길 래 저토록 만장들의 축제 이런가

①번을 단 만장이 벚꽃 길을 따라 열나게 퍼득인다
이번에는 야권단일이 ②번으로 나섰다
그려, 만장에도 행운의 ⑦번이 있구나
여기저기 흩어져 아우성치는 만장들의 뜀박질이 시작되었다

애야 문 닫아라,
평안히 가시게 방해 말거라

세상천지에 나부끼는 저 주검들의 악취가
일장춘몽의 내 꿈을 깨운다

세상사 고요를 짊어지고 떠나는
저 한 무리의 질서 없는 홀레들이여

여기가 어딘 고?

제
3
부

# 하늘에서 울다

부산을 떠나 서울에 도착하기까지
내 나라의 산과 들, 강줄기를 훑으며
부산과 서울이 40여분으로 이어주는 가까운 거리임을
확, 인, 한, 다,
저 황하의 대륙과
비행기로 서너 시간을 대수롭지 않게 이동하는
아메리카의 땅덩이들을 생각하며
부러움과 왜소함으로
가슴 한켠이 칼날에 베인 듯
붉은 피, 피, 솟구치누나

오, 이 손바닥의 조국이여!
아, 찢어진 삼족오의 깃발이여1

어쩌다 이리저리 채이는 개밥그릇의 한 알 밥알로
우격다짐의 나날들만 탕진하고 있구나

40분의 상실과
40분의 뜨거움이 교차하는 서울 출장길


* 삼족오: 고구려를 상징하는 깃발.

# DMZ

미국병사가 전쟁을 끝내고
낡은 허리 띠 하나 던져놓았다

소련 병사도 너무 지쳐
어깨 띠 하나 아무렇게나 던져두었다

그 자리 뱀 허물처럼 흐물흐물 오래도록 썩어지누나

숲은 우거지고
새들은 끼룩끼룩 조잘거리고
산짐승들 지들끼리 동산을 이루는데

감히,
함부로,
범접할 수 없는 실락원이 되었는데,

보잘 것 없이 던져놓은 허리띠 하나, 어깨 띠 하나
촘촘히 철심만 박혀 쑥쑥 잘도 큰다

이보게, 미화원 양반
저건 우째 후딱 소거가 안되겠는가?

## 만경봉호

적막강산에 길이 터 있다
구비구비 남도가락을 타고
북상의 봄을 풀어놓고 있는데

서해와 동해의 고래등을 타고
연분홍 꽃다지 옷자락을 펄럭이며
그렇게 두둥실 두둥실 흩날리는데,

시나브로 철책에는 꽃이 피고
달디 단 열매는 저 혼자 술을 담그고
눈보라 백설기 위로 노루들이 뛰노는데
녹슨 기찻길 개통이 요원하다
덜컹이는 비단길이 아슴아슴허다

봄, 봄, 봄,

그대는 너무
더디게 더디게
헛기침만 하는구나

# 달의 뼈

1987 영화를 보러갔다
프리즘의 세계를 엿보는 망중한이다
화면 가득 서글픔이 배어들며
아슴한 기억 저편이 자박자박 건너온다
붉고 허물어진 달덩이 하나 다가온다
밤이 저물도록
달 속에 갇혀 울던 소년이 보인다
지금 어디 있을까
달의 심장이 멈춘 듯
정지된 화면 속에서
까무잡잡한 소년을 발견하고
나도 덩달아 뛰쳐나간다
자꾸만 서너 걸음 앞서 달아나는
잡힐 듯 잡히지 않는
소년의 등 뒤로 달음박치는데
으악!
이게 뭐야
펑펑 터지는 페퍼포크의 봉두난발
동성로 골목을 내달리는
내 뒷덜미를 낚아채는 저, 저,

그녀를 마주한 날 먹먹한 눈물이 가슴으로 파고들었다

그녀는 갓 부화한 아기새처럼 온몸을 떨고 있었고

어둡고 축축한 낭하의 우주 속을 빠져나오는
달덩이 하나,
어느새 집어등처럼
빛나는 달덩이 하나
낭하의 바다에서 건져 올린다

그녀, 아직도 쭈그려 울고 있다

## 변비 - 2022년, 다시 소환하다

사내는 좌변기의 차가운 아가리에
냅다 엉덩이를 꼽고는 신문(핸드폰)을 펼친다
그러나 빠져 나와야 할 악취들은 아랫배 가득
겨눈 힘과 한껏 벌셔놓은 괄약근에도 아랑곳없이
당당히 버티고 있다
이거 원, 전에 없던 변비가...

국민방패로 무장한 반역사적 인물들의 호들갑으로
꽉 메워진 지면이 오늘따라 무척이나 짜증스럽다
이눔들은 내 편 니 편도 없이 하이에나처럼 물어뜯기 바쁘다
사내는 잽싸게 다른 지면으로 눈길을 바꾼다
여전히 불황의 경제는 오르막과 내리막의 골목에 갇혀있고
집을 지키던 개들은 청사를 뛰쳐나와 주인을 향해 일제히
짖어대고
푸틴은 독재의 핵포를 겨누며 우크라 백성들을 유린한다
아메리카와 유럽의 널뛰기는 사쿠라 속에 춤을 춘다

사내는 다시 한번 끙, 하고 힘을 준다 그러나 요지부동이다
헛바람만 푸시식 내뿜는다 제기랄 출근길이 바쁜데... 사내
는 다음 지면을 뒤적이다 이탈리아 총선에서 유세 중인 사랑
의 당 후보가 수박가슴을 드러내고 유혹하는 화보를 접한다
그 순간 꽉 차있던 덩어리들이 풍덩 변기 속으로 다이빙을 연

거푸 시도한다 사내는 시원스러움과 함께 포로노 배우가 직업이라는 후보자의 빵빵한 가슴을 보며 움찔거리는 자신의 힘줄을 느낀다

 그리고 사내는 이탈리아 국민들은 무척 즐거울 것 같다고 부러워한다 우리나라는 언제 저런 구경거리가 올 것인지...

 변기를 두어바퀴 휘돌아 구르릉 비명을 지르며 사라져가는 소화물 위로
 사내는 침을 칵!
 뱉고는 바쁘게 뛰쳐나간다

 변기 위에는 사내가 남기고 간 체취가 따뜻하게 맴돌고
 일그러진 지면 사이 사랑의 당 후보의 가슴이 유난히 풍만스럽다

* 1시집 『절망은 빵처럼』에 실린 시를 다시 변주 함.

# 국민소득 3만불이라는데,,,

병철 씨,
곤히 잠든 아이들의 이마를 쓸어주고
어제 먹다 남은 찬을 식탁 위에 올려놓고
12월 새벽길을 나서는데
자꾸 아이들이 밟힌다
언덕배기 단칸방은 이불을 덥고 덮어도 춥기만 하다
오늘은 한 대가리 때려야 하는데
벌써 나흘째인데,
오늘도 못 나가면 당장 내일이 걱정이다
헛헛한 바람만 병철씨 담배연기 속에서 휘돌다 나가고
저 어둑한 골목길 너머 신작로 가로등이 눈부시다
도시는 잠에서 깨어나려는 듯 웅성웅성 기지개를 켜는데
타박타박 내딛는 발걸음이 천근만근 심장을 파먹는다
이대로 어딘가로 날아가고픈 생각을 침으로 꾸욱 삼킨다
엄마 없이 커가는 아이들 생각에
콧잔등이 시큰거리고
이게 뭐여,
내가 꿈꿔온 것은 이게 아닌데,
어쩐단 말인가
듬성듬성 모여드는 버스정류장의 사람들
모두 석고상처럼 움직임이 없다, 병철씨
입술을 꾸욱 다문 채 버스에 오른다

# 짬뽕 – 새터민 박

시월에 들자
새벽길이 점점 어두워져 별들이 초롱하다

자유의 나라 남쪽으로 내려온지 오년,
자유의 나라는 돈의 나라지 자유의 나라가 아니다
사금파리처럼 파편 난 사람들만 득시글
날품팔이 하루도 보장받지 못하는 나날
고향의 별들이 자꾸만 발밑으로 우두둑 쏟아진다
그 별들과 함께 선명히 흐려지는 오마니 얼골

새벽별을 마주하고 나와도
데려갈 사람은 나타나지 않고
한낮의 가을볕 아래
시든 풀처럼 드러누워 무엇을 그리메나
그래도 몸뚱이는 살아있는지 배가 고프다
주린 배를 움켜쥐며 느릿느릿 식당으로 찾아든다
고저 뜨겁고 매운 국물이 묵고 잡아 짬뽕을 주문한다
벌겋게 불타는 짬뽕 한 그릇,
뜨거운 김 사이로 얼굴이 붉게 물들어 간다
매운 기침은 하염없이 하염없이 쏟아져 내리고

# 유채꽃 만찬이 왜 하필 사월이냐 – 4.16

봄봄봄
봄은 어김없이 찾아들고
지상에는 땅의 지퍼를 터트리며
새순들이 옹알옹알 고개를 든다

그 봄의 강나루
올해도 사월을 건너 또 열엿새 골짝을 지나는데
유채꽃들은 왜 이다지
철없는 만찬을 즐기느냐

저 깊은 칠흑의 심해보다
울돌목의 휘몰아치는 소용돌이보다
뒤집힌 뱃전의 조여 오는 공포보다
더 잔인한 몹쓸 사람들을 두고
그들의 곪은 눈들을 뽑아내지도 못하고
우리는 노란 리본만 가슴에 매달고 울고 섰는데,
유채꽃,
너는 왜 하염없이 노오란 꽃만 피워대느냐
지상의 만찬을 왜 이 사월에 펼쳐놓는냐 말이다

# 나 이런 나라에 살고 있네

36년 일본의 탄압을 받고도

그 부역자들이 떵떵거리고 사는 나라

프랑스는 부역자 척결을 최우선으로 나라를 재건하였다는데

독일은 이웃에 사죄하고 홀로코스트 위령비도 세웠다는데

아직도 반성을 모르는 몰염치 이웃을 둔 나라

5.18 민중을 학살한 나라

전 국민들에게 망월의 아픔과 죄의식을 심어준 나라

그 주동자들은 국가의 비호를 받으며 호위호식 하는 나라

세월호, 그 참담함 앞에서도

명분과 정치로 백성을 기만한 나라

투명사회를 내세워 빈민들을 사채시장의 노예로 전락시키는

나라

발기하는 새벽처럼 부자들만 키워 온 나라

법은 만인에게 평등한가?

국민과 대통령마저 깔아뭉개는 타락한 언론과 법의 권력자

가 득세하는 나라

55년 살면서 욕이란 욕은 검사에게 가장 많이 들은 나라

지랄 맞은, 나라와 백성을 다 팔아먹은 큰 도적을

잘도 품어 안아주는 인정 많은 나라

국민은 버려두고 같은 편이 아니면 무조건 물어뜯고부터 보는

정치 거렁뱅이들이 상전인 나라

이것이 민주국가냐!
이것이 평등국가냐!

나, 그런 나라에 살고 있네!
나, 그런 더러운 나라에 살고 있네!
나, 그런 나라 빨리 떠나고 싶네!
하지만 내 가족을 쉬이 떠날 수 없네!
하지만 내 민족을 쉬이 버릴 수 었네!

그 더러운 나라에도 매일같이 자라나는 아이들
얼굴 매만지며 건강하고 착하게 커가기를 기도하는 사람들
할머니 보따리를 들어주는 사람의 나라
넘어진 아이 일으켜 세워 먼지 훌훌 털어주는 사람들의 나라
가난한 이웃을 위해 매일같이 점심밥을 만드는 사람들의 나라
등록금 없는 학생들에게 장학금을 아낌없이 내놓는 사람들의 나라
날마다 나를 위해 기도하는 사랑하는 사람들이 있는 나라
나, 이런 나라에 살고 있네
부끄러움과 갑갑함이 헛배처럼 부풀어 오르는 이런 나라에
미움과 서러움을 모두 끌어안고
꺽!꺽! 속울음 울며

아무렇지도 않은 듯 웃으며 집으로 들어가네
어쩔 수 없이 내일도 불안한 일터로 걸어가네

나, 이런 나라에 살고 있네!
나, 이런 나라에 살고 있네!

## 통일 뿐이다 –우리는 언제까지 외면당해야 하는가?


새해 아침 해가 눈시울 붉게 충혈된 채 떠오른다
세계의 시계는 독선과 오만의 초침만 분주히 질주 중이다
대한민국의 시계도 세계화에 발맞추어 독선과 오만의 항해
중이다


아메리카는 동아시아의 패권 때문에 새해가 오기 전
일본과 한국의 협력을 종용한다, 아니 협박한다
아베는 얼씨구나 지화자 조오타! 얼른 10억엔을 동냥주듯
내던지고
대한민국 정부는 위안부의 몸서리치는 고통이며,
36년 망국의 서글픔 따위 개나 줘버려라!
오바마 눈치보기에 매달려 무조건 꾸욱 도장을 찍었다
아! 우리 국민의 자존은 어디서 찾는가?
사람이기를 망각한 군국주의의 참상을 증언하기 위해 두 눈
시퍼렇게 뜨고
밤마다 살을 파내는 고통의 순간들을 매일 되내이며 버텨온
조선의 할머니들은 어떡하라고, 당신의 어머니들은 어떡하
라고
오랜 침묵 속에서도 자존심만은 지키고자 했던 우리 백성들
은 어떡하라고
'대한민국'이 '대한민국'이 국민을 외면하였는가?

"나라 없는 백성이 어디 있으며 백성 없는 나라가 어디 있겠느냐"

무수한 적장들과 마주한 선조들의 외침이 심장을 파고드는데,
고구려, 고려, 조선, 대한민국.....
왜 자꾸 우리의 땅덩이는 작아지고 국론은 분열되고
갓잖은 이웃나라에게 이다지도 외면당한단 말인지
삼족오 깃발을 만주대륙에 휘날리던 우리 민족이
세계에서도 유례없는 오천 년의 긴 역사를 지닌 우리 민족이
아직도 이웃의 틈바구니에서 울며울며 굴욕을 당하고만 있단 말인가?


그래, 우리가 우리로 당당히 세계인들에게 마주 할 수 있는 것
미국과 일본과 중국과 러시아를 향해 당당히 손사래를 칠 수 있는 것
뼈저린 고통을 견뎌온 우리의 할머니들을 쓰다듬을 수 있는 것
내 아이들에게 우리의 역사를 당당히 기록할 수 있는 것
그건, 통일뿐이다!
남들이 부러워, 시기 질투하는 통일!
우리 민족이 더 이상 굴욕의 협상을 당하지 않는 통일!
세계에 '대한민국'을 소리 높여 부를 수 있는 통일!
통일만이 우리가 살 길이구나

〉

나부터 구두끈을 고쳐매자
나부터 심장에 가두어둔 굴종의 역사를 바로잡자
나부터 허울에 갇혀 지내는 우를 범하지 말자
나부터 우리 아이에게 당당히 통일을 이야기하자
더 이상 늦기 전에.....
나부터.....

# 고현철 형에게

형이 있는 곳은 어디인가요?

껑충한 모습으로 헛헛 웃음을 흘리시던 형,
아픈 형수의 몸이 좋아졌다고 실웃음을 보이시더니
그 웃음을 꼭 그렇게만 남기셔야 했는지,
황, 구, 고, 김, 배가 어우러진 합환주는
그곳에서도 위안이 될 터인데
형이 가고 우리의 합환주는 더 이상 나눌 수가 없습니다
남은 자들이라도 할 수 있으련만 그러지를 못합니다
고래고래 윽박지르며 고! 고!를 외치지 못합니다
세상의 이치야 사람이 만드는 것인데
대관절 무엇이 형의 분노를 자극했는지,
형이 목말라 한 민주의 퇴보는 오늘도 진행 중이고
형이 온 몸 던져 외친 민주는 아직도 저만치 관망한 채 더디
기만 한데,
우리의 합환주는 언제쯤 가능할까요?

태풍이 이 땅을 쓸고 가 많은 사람들이 고통스러워합니다.
정작 데려가야 할 사람들은 안전지대에
잘도 은거해 있는데, 국민들은 이래저래
바람 따라 물결 따라 쓸려갑니다
폭우에도 끄떡없는 부산항대교를 바라보며

더딘 민주와는 반비례로 개발은 참 속도가 **빠릅니다**

가늘게 떨리던 바리톤 음색은 언제쯤 들을 수 있을지
우리가 머물던 산정엔 오늘도 쓸쓸한 바람만 맴돕니다
조만간 고! 고!를 외치는 회포를 풀어야지요.

* 고현철: 시인이자 문학평론가. 부산대학교 국문학과 교수로 재직 중이던
2016년 대학내 민주화를 요구하며 투신.

# 심판의 날

I
나, 참으로 몸서리치는 악몽을 꾸었네.
봄의 병사들이 골목길로 막 접어들 무렵
태양은 따사로웠고 거리는 활기찼었네.
일순간 어둠이 덮치고 만 백성의 영혼을 뜯어먹는 악귀가
세상을 뒤덮네.
긴 긴 어둠을 벗어난지 몇날 며칠이건만
또다시 굴욕의 사슬들이 나를 조여매네.
가슴 저 밑바닥에 웅크린 뜨거운 울분들이 포탄처럼 용솟음
치는 붉은 한낮의 반란
2004년 3월 12일 오전 11시 56분,
나, 땀에 젖은 나신을 웅크린 채 격정에 몸부림쳤네.
정말 꿈이기를,
정녕 이것이 꿈이기를?
정녕 우리가 희망한 민주주의는 꿈으로만 남는단 말인지?
나는 다시 한번 두 눈을 부릅뜨고 오만과 방자로 무장한 저
쿠데타 무리들을 응시하였네.
그래, 오라 무리들아
나, 이 자리에 기다리고 섰노라.
4.19의 함성으로
빛고을에 울려 퍼진 80년 5월의 함성으로
뜨겁게 뜨겁게 거리에서 울부짖었던 6월의 함성으로

이 자리에 굳건히 진을 치고 나, 너희들을 맞아주마.
오라, 시정잡배의 무리들아.
이제야 말로 우리의 성역을 다질 때임을
우리가 만든 민주의 불씨를 굳건히 지킬 마지막 기회임을
나는 이 땅에 머리 조아려 맹세하노니.


Ⅱ
너희는 아는가?
길을 가다 뒷머리를 강타당한 그 허무함과 끓어오르는 분노
를,


너희는 아는가?
내 사랑하는 가족들이 뿔뿔이 흩어져 가야만 하는 그 서글
픔을,


너희는 아는가?
한 끼의 밥을 위하여 피를 팔고 어둔 골목의 쓰레기통을 뒤
지는 배고픔을,


너희는 아는가?
병마로 죽어가는 자식을 앞에 두고 아무것도 할 수 없는 가
난한 아비의 심정을,

너희는 아는가?

거룩한 아비가 깡패들의 무자비한 폭력에 죽어가는 뜨거운 분노를,

너희는, 너희는 아는가? 너희는 아는가?


오라, 무리들아

나는 만반의 준비를 끝냈느니, 어서오라.

검은 폭설이 그대 무리들을 뒤덮을 4월 15일을 손꼽아 기다리노니.

맨주먹과 뜨거운 가슴으로 무장한 민주의 군사들이 너희들을 응징하리니.

어서 주저말고 내게로 오라.

희망은 저만치 앞서 달려가는구나.

* 2004년 3월 18일 부산 서면 쥬디스 백화점 노무현 대통령 탄핵 반대집회 낭송시

# 오늘 우리들, '기사시記事詩'로 만난다!
### – 배재경 시집 「하늘에서 울다」를 중심으로

김준태(시인)

 

 

부산에서 배재경 선생으로부터 시집 원고가 메일로 전해 왔다. 나는 그것을 컴퓨터 화면으로 읽지 않고 프린트로 뽑아서 찬찬히 읽어 내려갔다. 한국시에서 좀 낯선 형식이랄까, 아니라면 컴퓨터나 스마트폰, 종이신문으로 매일 만나는 뉴스를 그대로 집어 올린 듯한 생경한(?) 형식의 시였다. 아 그렇구나! 내가 배재경 선생의 시집 원고를 전부 읽고 나서 내린 결론은 신문기사 형식을 가진 시, 시적 에꼴로 들여다본다면 신문기사를 풀어놓은 듯한 시 즉 '기사시(記事詩. Ar-ticlePoem)'로 명명할 수 있는 시편들이었다.

시의 형식에는 왕도王道는 없다. 물론 전통적으로 음악성을 중요시하는 서정시, 이야기로 풀어나가는 서사시, 극적 효과를 나타내기 위하여 드라마틱하게 쓰여지는 극시 등이 있겠으나 '기사시'라는 형식을 가지고 나타난 시는 지금까지 드물다는 것으로 알고 있다. 그러함에도 나는 '기사시'라는 형식을 굳이 의식하면서 배재경 선생의 시를 찬찬히 들여다

보기로 했다. 선생은 내게 원고를 보내기 전에 "김준태 선생님! 좀 거칠지만, 사회적인 목소리가 담긴 것들이 많아… 지금까지 내 컴퓨터의 서랍에 묶어둔 것들을 버릴 수가 없어서 한번 시집으로 펴내려고 합니다"라고 말한 것을 잊지 않았음은 물론이다. 양차 세계대전을 겪으면서 전쟁독재자 히틀러 치하에서도 열정적으로 작품활동을 전개한 독일의 베르톨트 브레히트 같은 시인은 '시와 시인의 사회적 실천'을 문학함의 핵심으로 삼았던 것을 기억한다.

　나는 여러 문학 잡지에서 배재경 선생의 시를 읽어온 터였고 문학행사장에서 종종 만나곤 했지만 직접 만나 동행의 일정을 한 것은 5년 전이었던 것 같다. 2017년 늦은 가을날이었던가, 배재경 선생은 스님 한 분을 모시고 광주를 방문하였다. 스님은 부산시 사하구 감천동에 위치한 조그마한 절…'관음정사觀音精寺'의 주지스님으로 본명이 이상화요 법명이 보우普友였다. "저는 5·18항쟁 이후로 망월동에 한 번도 오지 않았습니다. 마음에 걸리는 게 많았습니다. 이미 다른 스님들께서도 많이 다녀가신 줄 압니다만…… 이번에 망월동에 와서 그날 쓰러진 영령들을 위해 해원의 춤을 추어야겠다고 생각했습니다. 부처님께서 제게 주신 두 손으로 무덤들을 어루만지고 이 슬픈 넋들이 훨훨 날아갈 수 있도록 춤을 추어야겠습니다." 스님은 오월 영령들이 잠들었던 망월동 묘지(5·18 구묘지)에서 열 자를 훨씬 넘는 하얀 천을 휘날리면서 바라춤을 추었다. 현재 국립5·18민주묘지는 망월동 묘지에서 이장해간 유해들로 조성되었는지라 스님은 애

시당초 그들 영령들이 묻힌 옛 5·18묘지(망월동 묘지)를 선택한 것이었다.

　시인 배재경 선생이 안내하여 모시고 온 보우 스님은 세간에서 말하는 1958년생으로 태어난 곳은 경상북도 군위군 고로면 화북리 175번지 '둥딩이마을'이었다. 이 마을은 인각사麟角寺의 사하촌이다. 그리하였기에 스님께서는 어릴 때부터 천년 사찰 인각사를 자기 집처럼 드나들며 놀았다. 널리 알려져 있듯이 인각사는 고려의 일연─然 스님께서 우리 민족의 위대한 역사서 [삼국유사]를 저술한 곳이다. 김부식의 [삼국사기]가 정사正史라고 한다면 [삼국유사]는 야사野史이다. 그러나 삼국사기가 당시 중국에 대한 사대주의에 기울어져 있다고 평가를 받는 반면에 삼국유사는 우리 민족의 정체성을 담고 있음으로써 귀중한 역사서로 평가를 받고 있다. 사실 삼국유사가 없었다면 고조선, 이 땅의 역사를 열었던 저 시원始原의 역사는 찾아올 수 없었을 것이다. 배재경 시인과 함께 전라도 광주를 찾아와 5·18묘지에서 바라춤을 추는 보우 스님을 바라보며 나는 감사하는 마음으로 시 한 수를 바쳤다.

　　△경상북도 군위군 천 년 〈인각사〉에서 태어나
　　부산 감천동에서 관음정사를 일으킨 보우스님께!

　　일연스님께서 지어 편찬하신 〈삼국유사三國遺事〉가
　　없었다면 우리들은 조선반도 5천 년 단군 할아버지도

모르고 살았으리라 배달겨레 8천만 민족 우리들은...

고려시대 일연—然스님의 고향인 경상북도 군위군
인각사麟角寺 '둥댕이마을'에서 둥댕둥댕 태어나신
지금은 항도 부산 감천동 관음정사 주지인 보우스님!

그 스님 목탁소리 좇아 천 년 사찰 인각사를 찾아갔지요
광주 망월동 5·18묘지에서 천상천하유아독존 큰 부처님
모시고 해원解寃굿을 치른 후에 일연스님 고향 갔지요

부산의 배재경 시인도 같이 가서 바라춤을 추었지요
삼국사기三國史記에 삼국유사三國遺事의 역사를 얹혀
조선반도 배달겨레 온쪽의 둥근 역사를 세운 일연스님!

오늘도 부산 감천동 관음정사에서 해마다 춘하추동
천일기도千日祈禱를 올리시는 보우스님의 목탁소리에
아 광주 사는 제 몸에도 이차돈의 피와 젖이 흐릅니다!

　　현재 부산의 관음정사 주지 보우스님께서 불도를 닦은 절
중에서 백률사栢栗寺란 절은 이 얘기에서 빠뜨릴 수 없다. 대
한불교조계종 제11교구 본사인 불국사의 말사인 백률사는
'이차돈異次頓의 순교'로 유명한 절이다. 신라 법흥왕 14년
(527)에 불교의 전파를 위하여 순교를 자청했을 때 그의 목을
베자 하얀 젖이 솟구쳤다고 전해온다. 바로 이 자리에 절이
들어서니 그 이름이 '백률사'이다. 처음에 이 절의 이름은 자

추사刺楸寺였다고 한다. 부처님의 깃발을 걸기 위해 기둥 형태로 세운 석조물… 이차돈의 석당石幢은 현재 국립경주박물관에 소장돼 있다. 보우 스님과 멀리 광주를 찾은 다음, 부산의 피난민촌 감천동에 자리 잡은 관음정사를 안내한 배재경 선생…나는 그가 신라 천 년의 도시 경주에서 부산으로 내려와 출판업을 하면서 '현해탄의 파고'를 깊이 느끼며 노래하는 것을 가까스로 이해할 수가 있었다.

한국의 어느 도시보다도 태평양의 삼각파도가 높이 솟구치면서 밀려오는 대한민국 제2의 도시 부산항! 그리고 오륙도 앞바다와 영도다리 주변의 방파제들! 바로 이곳에서 문학 활동을 하는 배재경 선생은 낙동강과 한강을 건너 대동강, 북만주벌판으로 달려가는 KTX고속열차가 부산역에서 출발하려는 듯한 몸짓들을 시에서 많이 보여주고 있다. 그가 써서 노래하는 '기사시'가 주는 시적 역동성이 그것일 터이다. 한국 현대시로 말하면 김수영(1921~1968)의 '거대한 뿌리'에서…미국의 히피 시인 앨런 긴즈버그(Allen Ginsberg. 1926~1997)에서 발견되는 비트제너레이션Beat generation류의 발가벗은 주먹의 펀치력, 걸쭉한 비속어, 아우성에 가까운 외침, 혹은 우리들의 정체성을 지켜가기 위한 탄력있는 목소리가 그의 시 전편에 흐르는 맥박이다. 사실과 진실을 동시에 들춰내려는 듯한 리얼리즘과 때로는 앙상한 나뭇가지로 비유되는 표현주의 혹은 거기에서 비롯되는 음울한 색채와 고발정신이 배재경 선생의 '기사시記事詩'를 밀어 올려주는 힘인 것 같다.

인기배우 송혜교를 아시나요?


투명한 눈빛이 호수를 담은 듯 해맑은 여배우
도톰한 입술로 뭇 남성들의 심장을 가로지른 여배우


송중기와 결혼해 부러움과 미움을 샀던 여배우
대한민국을 넘어 아시아 전체로 인기를 누렸던 한국의
여배우


송혜교가 출연한 영화나 드라마를 당신은 본적이 있나
요?


그 송혜교가 그냥 배우가 아니구먼유
그 송혜교가 이쁜 얼굴로 인기나 팔아먹는 배우가 아잉
기라요
그 송혜교가 이것저것 인기작만 잡아먹는 공룡이 아니당
께요
그 송혜교가 여의도 시정잡배들과는 참말로 다르메요


왜냐고요?


보세요


대한민국 정부조차 외면해온
중국 충칭 임시정부 역사유적지 한글 안내홍보물 제작

일본의 전범기업 미쓰비시 자동차 광고모델 거절

봉오동 전투 100주년 기념

카자흐스탄 크질오르다주립과학도서관에

홍범도 장군 대형 부조작품 기증

세계적 미술관에 한국어 브르셔 설치


대한민국 정치인들이 이런 일을 했나요?

대한민국 세계적 기업들이 이런 일들을 했나요?

당신은 이런 일들을 해 보았나요?


반성합니다.


다시 보는 송혜교!

다시 읽는 여배우

다시 태어나는 송혜교!

─「여배우 송혜교」


　배재경의「여배우 송혜교」를 읽으면서 1960년대 김수영 시인의 시「미인」을 떠올린다. 김수영은 그의 시「미인」에서 "미인을 보고 좋다고들 하지만 / 미인은 자기 얼굴이 싫을 거야 / 그렇지 않고서야 미인일까 // 미인이면 미인일수록 그런 것이니 / 미인과 앉은 방에선 무심코 / 따놓는 방문이나 창문이 / 담배 연기만 내보내는 것은 아니렸다"가 그것이다. 김수영은 아마도 그 시절 다방문화에서 '미인'들이 홀대 받았던 것을 염두해 두고 이 시를 쓴 것으로 짐작된다. 남들은 미인을 좋다고 말하지만 그 시절 미인 자신은 자기의 신분을 자랑스럽게 생각하지 않았었던 같다.

그 시절 우리들이 보아왔던 멜로드라마에서 '미인들'의 처지를 우리는 금방 상상할 수가 있지 않는가 싶다. 그 시절에는 탤런트, 은막의 미인들은 흔히 신분이 높은 남성들의 가부장주의나 폭력 아니면 거기에서 탈출하고자 하는 비극의 여인으로 등장한다. 그러나 김수영은 자기가 살았던 전후 1950년대, 1960년대의 미인들에게 그의 특유의 연민 어린 풍자시 기법으로 사랑을 노래하고 있다. "미인이 앉은 방에선 무심코 따놓는 방문이나 / 창문이 담배 연기만 내보내는 것은 아니"라는 시구가 그러함일 것이다.

김수영의 사랑이 그 시절의 미인을 통해서 노래 되고 있다면 2020년대의 오늘, 항도 부산의 배재경 시인이 노래하는 미인은 이미 신분이 상승한 미인이다. 남다르게 재능을 가진 사람으로서 탤런트, 여배우 송혜교이다. "대한민국 정부조차 외면해온 / 중국 충칭 임시정부 역사유적지 한글 안내홍보물 제작 / 일본의 전범기업 미쓰비시 자동차 광고모델 거절 / 봉오동 전투 100주년 기념 / 카자흐스탄 크질오르다주립과학도서관에 / 홍범도 장군 대형 부조작품 기증 / 세계적 미술관에 한국어 브르셔 설치"한 탤런트요 그리고 당당하게 자기의 모습을 보여주는 '미인'이다.

"대한민국 정치인들이 이런 일을 했나요? / 대한민국 세계적 기업들이 이런 일들을 했나요?"라고 정치인들과 자본가들에게 이른바 역사적 양심과 역사의식을 되묻는다. 이와 같은 생각에서 미인을 바라보는 1960년대 김수영과 2020년대 오늘 배재경의 '미인에 대한 사랑'은 다를 바 없는 것 같다. 다만 김수영의 미인 사랑이 사회적인 관점에서 쓰여졌다면 배재경의 미인 사랑은 정치적 관점으로까지 '이끌어 올렸다(지양 Aufheben)'는 점에서 차이가 있을 뿐이라 생각된다. 물론 김수영의 시는 전체적으로 정치적인 포즈를 가지고 쓰여진 것들이 대부분(그의 시대의 시적 사명감에서)이라는 것을 전제에 두고 말한다면 그렇다.

> 나 오늘 십팔 번의 실체를 알았다
> 저 바다 건너 우리 민족을
> 조센징이라고 부르는 건방진 것들이
> 제일 좋아하는 행운의 번호가 십팔 번이란다
> 왜 아무도 그걸 안 알려주었을까
> 노래에 취해 그놈들 행운의 번호를 주억거리며
> 저놈들 복을 빌고 있었다니
> 쉰 네 번의 3.1절을 기념하면서
> 한 번도 부끄러움을 몰랐었네, 아이 부끄러워라
> 이제 십팔 번을 묻어버리자
>
> — 「십팔 번을 버리자」에서


> 1873년 이와사키 야타로가 세운 미쓰비시상회
> 1차 세계대전으로 디딤돌을 놓더니
> 2차 세계대전으로 200개의 회사를 거느리는 대기업이
> 되었네

아하 미쓰비시여!

그대는 어찌 전쟁으로 부를 축적해야만 했는가

그대는 어찌 타민족의 피를 제물로 살아야만 했는가

현대판 흡혈귀가 뉘이던가


미쓰비씨 자동차 광고

거액의 모델료가 주어지는 인기 절정의 배우 송혜교

그녀는 미쓰비씨의 광고를 거절했다

한국 최고의 김앤장 집단이 전범기업을 대리하는 변호를

맡았음에도

그녀는 단칼에 전범기업 광고 출연을 거절했다

하얼빈 독립관 운영비가 바닥나 문을 닫을 지경에

송혜교는 1년간 운영비를 지원했다

한국정부가 외면해온 그 일들을 송혜교가 했다

송혜교가 대한민국이 아니고 무엇인가

이제부터 나, 송혜교 팬이 되것구나


그 어떤 것도

전범을 사랑할 수 없는 거여

아!

쓰벌, 김앤장!

― 「전범을 고발하다 ―미쓰비시」


일본제품 불매운동이 한창인데

이번에는 호주에서 가슴 벅찬 소식이 날아든다

우리 교민 41세 양재현씨

BIG W 백화점에서
욱일기가 그려진 티셔츠가 판매되고 있는 것을 보고
고객센터에 달려가 판매중단을 요구했다
공정거래위원회, 시드니모닝헤럴드 등
다각도로 일본의 군국주의 상징을 알리며 철수를 요구
마침내 백화점으로부터 정중한 사과를 받았다
모든 매장에 욱일기 디자인 제품을 내리겠다고
이 얼마나 뿌듯한가
한 사람의 용기가 민족성을 살리고
아세안 사람들의 평화를 구축했다

세계 어느 곳에 있건
당신은 한국 사람!
우리는 단군의 자손!
우리는 대한민국 사람!

─「호주교민 양재현」

렘지어,
렘지어,
처음엔 미래를 담보하는 특효약인가 했다
코로나가 극심하니 새로운 용어만 나와도 솔깃하다
더구나 하바드인지 하버드인지 대학교수란다
지구촌을 경영하는 아메리카 최고대학의 교수란다
글씨, 그놈이 지랄병을 맞았는지
햄버거 처먹다 모가지에 비계 딱지가 걸렸는지

우리를 생까고 있다

대한민국을 통째로 텅 허니 차버리고 있다

이눔을 우째 해버릴까나

일본 넘들에게 당한 것보담

저눔 렘지인지 렘비인지

주둥아리를 지져야 하는디


어쩌누, 우리 누이들

남의 나라 채찍에 몰려

전쟁터 천막 안에서 유린당한 누이들아

그 통한을 저눔이 깡그리 무시해대니

저 아메리카 잡눔이

일본 넘들에게 정신을 팔아먹는 매춘을 해대디

로스쿨 교수란 넘이 국제 매춘을 일삼으니

참 가관일세


요즘은 교수 자격이

거짓부렁이 철철 넘쳐야 되는 직장인 겨?

―「렘지어 매춘」


    배재경 선생은 특히 일본문화에 대하여 목소리를 낮추지
않는다. 한국인들이 노래 방에서 불러 젖히는 일본문화, 일
본식 일상어의 잔재인 '18번'을 꼬집는 것이랄지, 백화점에
걸린 욱일기(히노마루)를 철거하도록 만든 호주교민 양재현 씨
를 그의 기사형태의 시 속으로 불러오는 것을 서슴치 않는

다. 일제강점기 식민치하에서 일본군 '현지위안부'로 끌려간 조선의 여인(누이)들을 두고 '매춘'이라고 매도한 미국 하버드 대학 '램지어 교수'의 무지를 질타한다.

　"저 바다 건너 우리 민족을 조센징이라고 부르는 건방진 것들이 / 제일 좋아하는 행운의 번호가 십팔 번이란다 / 왜 아무도 그걸 안 알려주었을까"(『십팔 번을 버리자』)⋯⋯"BIG W 백화점에서 / 욱일기가 그려진 티셔츠가 판매되고 있는 것을 보고 / 고객센터에 달려가 판매중단을 요구했다 / 공정거래위원회, 시드니모닝헤럴드 등 / 다각도로 일본의 군국주의 상징을 알리며 철수를 요구 / 마침내 백화점으로부터 정중한 사과를 받았다"(『호주교민 양재현씨』)⋯⋯"우리 누이들 / 남의 나라 채찍에 몰려 / 전쟁터 천막 안에서 유린당한 누이들아 / 저 아메리카 잡놈이 / 로스쿨 교수란 넘이 국제 매춘을 일삼으니 / 참 가관일세"(『램지어 매춘』)⋯⋯등의 기사시 등이 그렇다.

　특히 램지어 하버드대 로스쿨 교수란 사람이 먼 나라로 끌려가서 청춘을 빼앗기고 농락당한 '한국의 위안부'(소녀상)를 '매춘부'로 규정한 것은 실로 분노를 넘어 분통을 자아내는 비통한 뉴스였다. 배재경 시인과 부산의 시인들은 2019년 8월, 일본 총리 아베의 한국에 대한 '수출보복' 발표가 있자 부산 일본영사관 앞에서 일본상품 불매운동을 선언하는 기자회견을 갖기도 했다. (이 글을 쓰는 순간, 한반도 코리아의 영토인 '독도' 앞바다에서 한미일 군사합동훈련을 할 때

일본군 자위대 군함이 '욱일기(히노마루)'를 나부끼면서 항진하는 모습은 한국인 모두를 슬픔을 넘어 분노케 했다.)


고양이 한 마리 천천히 아주 천천히 무리에게 간다

무리의 곳곳을 누비며 부드러운 가슴 털과

초롱초롱한 눈망울을 굴리며 때로는

앞발과 뒷발을 총동원하여 무리 속으로의 편입을 꿈꾸는 고양이

어느덧 고양이 무리의 일원으로 둥지를 튼다

아주 흡족한 듯 실실거리는 웃음을 흘려보낸다

이제 문을 열었으니 정복은 식은 죽 먹기야

만면에 웃음을 머금은 고양이의 수염이 달빛을 받아 반짝인다

처음 무리에게 올 때의 고요함처럼 서서히

날카로운 발톱을 숨긴 채 사뿐사뿐

매일 밤 흥건하게 주흥을 열고 탐닉을 제공한다

어느 사이 무리는 안개가 되고 벽이 되어 흐느적거리고

고양이, 그 기회를 놓칠세라 무리의 어른들을 하나하나 탄압해나간다

아주 부드럽고 강하게

물 스미듯 고양이의 비수는 은밀하게 은밀하게 유영한다


이제 그 누구도 고양이 앞을 가로막는 자 없다

웅크린 몸집만 보고도 두려움으로 비칠비칠 비켜나기 바쁘다

> 오, 저 당당함의 서글픔!

– 「밤 고양이 – k에게, 혹은 부쉬에게」

배재경 시인은 미국의 CNN이 긴급 타전한 것을 역시 그의 기사시로 옮기고 있다. "미국은 51번째 주를 극동에 세우기 위하여 "악의 축"이라는 작전명 아래 최첨단 스텔스 폭격기를 한반도 상공으로 긴급 출격, 대대적인 공습에 들어갔다"고 뉴스를 가져온 뒤 소위 아메리카를 고양이로 이미 지화한다. "이제 문을 열었으니 정복은 식은 죽 먹기야 / 만면에 웃음을 머금은 고양이의 수염이 달빛을 받아 반짝인다…물 스미듯 고양이의 비수는 은밀하게 은밀하게 유영한다"고 고양이의 날렵함 그리고 고양이의 비밀과 대범한 몸놀림을 요염하고 날카로운 그림처럼 보여준다. 이제는 다들 알고 있듯이 중국과 러시아, 미국과 일본이라는 대륙세력과 해양세력 사이에 훼바(FEBA : 방어선) 구실을 하게 되어 언제, 어느 때 '샌드위치 전쟁'을 치를지 모르는 항상 긴장 속에 놓여있는 곳이 우리들의 한반도가 아닌가.

자아, 국제정세가 이러함에도 코리아는 내부 모순(국내정치의)과 외부 모순(외세)에 시달리면서 저 어두운 역사의 밤길을 그리고 '내일을 향하여 갈길'을 아프게 혹은 벅차게 찾아가고 있는 것이다. 그 아픔과 벅참으로 솔직하게, 정직하게 노래한, 한국시에 드라마 기법과 드라마센터를 집어넣어 세우고 광활하게 펼친 김수영(1921~1968)의 시 '거대한 뿌리'를 들여다보자. 역사와 미래에 대한 '신명성'을 김수영만큼 벅차게 보여준 시인(詩)은 저 강원도 한계령 너머 오세암에 거처하던.....만해 한용운의 '님의 침묵'을 빼고는 필적한 시가 없었다. 젊은 시인 배재경 선생은 이를 간과 함이 없을 줄 생각하면서 그의 시가 산의 시만이 아니라, 바다의 시만이 아니라, 산과 바다를 동시에 밀고 나가는 시(노래)를 써줄 것을 기대해본다. 그의 서사정신이 더욱 눈물과 피눈물을 깊이 받아들인다면 그의 시는 저 오륙도 앞바다의 파도들처럼 큰소리, 큰 울림을 주리라 예견해보는 것이다.

　　나는 아직도 앉는 법을 모른다

　　어쩌다 셋이서 술을 마신다

　　둘은 한 발을 무릎 위에 얹고

　　도사리지 않는다 나는 어느새 남쪽식으로

　　도사리고 앉았다 그럴 때는 이 둘은 반드시

　　이북친구들이기 때문에 나는 나의 앉음새를 고친다

　　8·15後에 김병욱이란 시인은 두 발을 뒤로 꼬고

　　언제나 일본여자처럼 앉아서 변론을 일삼았지만

　　그는 일본대학에 다니면서 4년 동안을 제철회사에서

　　노동을 한 강자다


　　나는 이사벨 버드 비숍여사와 연애하고 있다

　　1893년에 조선을 처음 방문한 영국 왕립지학협회 회원

　이다 그녀는

　　인경전의 종소리가 울리면 장안의

남자들이 모조리 사라지고 갑자기 부녀자의 세계로
화하는 극적인 서울을 보았다 이 아름다운 시간에는
남자로서 거리를 무단통행할 수 있는 것은 교구꾼,
내시, 외국인 종놈, 관리들뿐이었다 그리고
심야에는 여자는 사라지고 남자가 다시 오입을 하러
활보하고 나선다고 이런 기인한 관습을 가진 나라를
세계 다른 곳에서는 본 일이 없다고
천하를 호령한 민비는 한번도 장안 외출을 하지 못했다
고......

전통은 아무리 더러운 전통이라도 좋다 나는 광화문
네거리에서 시구문의 진창을 연상하고 인환네
처갓집 옆의 지금은 매립한 개울에서 아낙네들이
양잿물 솥에 불을 지피며 빨래하던 시절을 생각하고
이 우울한 시대를 패러다이스처럼 생각한다
버드 비숍여사를 안 뒤부터는 썩어빠진 대한민국이
외롭지 않다 오히려 황송하다 역사는 아무리
더러운 역사라도 좋다
진창은 아무리 더러운 진창이라도 좋다
나에게 놋주발보다도 더 쨍쨍 울리는 추억이
있는 한 인간은 영원하고 사랑도 그렇다

비숍여사와 연애를 하고 있는 동안에는 진보주의자와
사회주의자는 네에미 씹이다 통일도 중립도 개좆이다
은밀도 심오도 학구도 체면도 인습도 치안국

으로 가라 동양척식회사, 일본영사관, 대한민국 관리,

아이스크림은 미국놈 좆대강이나 빨아라 그러나

요강, 망건, 장죽, 종묘상, 장전, 구리개 약방, 신전,

피혁점, 곰보, 애꾸, 애 못낳는 여자, 무식쟁이,

이 모든 무수한 반동이 좋다

이 땅에 발을 붙이기 위해서는

— 제3인도교의 물 속에 박은 철근 기둥도 내가 내 땅에

박는 거대한 뿌리에 비하면 좀벌레의 솜털

내가 내 땅에 박는 거대한 뿌리에 비하면


괴기영화의 맘모스를 연상시키는

까치도 까마귀도 응접을 못하는 시꺼먼 가지를 가진

나도 감히 상상을 못하는 거대한 거대한 뿌리에 비하

면......

– 김수영 「거대한 뿌리」


    이에 배재경 시인의 시를 읽으면서 지금은 거의 한국문학의 신화처럼 읽히는 김수영 시인을 생각해본다. 김수영은 시의 내용에서 뿐만이 아니라 형식에서도 한국 현대문학의 아방가르드요 개척자였다. 김수영의 시적 기법은 그만큼 모더니즘(원래 모더니즘은 문명비판적인 경향에서 출발한 것이지만 그러나 시작은 가톨릭 정화운동에서 자체적으로 일어난, 모종의 개혁운동이었다)의 경향과 정치적 풍자가 강하다. 그것은 그가 거제도 포로수용소를 천신만고 끝에 벗어나서 저 1950년대의 전후 반공시대와 독재시대를 거쳐야 살아남을 수 있었기에 난해한 시도

많다. 그것은 그의 시대가 난해하였기 때문에 김수영의 정치시는 특히 난해할 수밖에 없었던 것이다.

정치적 상황이 굴절된 나라와 역사는 때로는 '허무주의'를 유발시키거나 혹은 그것을 배태시킨다. 그래서 그랬을까. 러시아의 대문호 〈투르게네프〉는 그의 걸작 [아버지와 아들]에서 러시아 혁명의 격랑 속을 헤쳐가지 못한 한 지식인 주인공의 죽음을 통해 역사와 혁명은 "니힐(허무)하다, 니힐하다!" 라고 말하게끔 내버려둔다. 그러나 보라. 한국의 김수영 시인은 한반도의 파란 많은 현대사 속에서 오히려 "전통은, 역사는 아무리 더러운 역사라도 좋다"라고 노래한다. 그가 이 땅 한반도에 발을 내딛는 것에 비하면 제3인도교(제3한강교)의 철근 기둥도 좀벌레의 솜털이 아니냐고 역설적 표현기법을 동원하여 오랜 식민지 생활과 분단으로 주눅 들어 살아온 우리들의 어깨를 툭툭 치면서 '일어서 봐, 일어서 봐' 하는 듯 부추긴다. 국토와 역사, 이 땅의 민중들에 대한 '사랑'을 우직하게 노래한 김수영의 시 [거대한 뿌리]를 읽을 때 그래서 서구적 '허무주의' 따위는 끼어 들 엄두를 내지 못한다. 이 우울한 시대를 '파라다이스(낙원)'로 받아들이고야 마는 오기와 뚝심까지를 보여주는 시인 앞에서 세기말적 또는 역사적 허무주의는 결국은 무릎을 꿇고 만다.
가령 시인이 살았던 전후 정치적 혼란기를 신랄하게 꼬집고 있는 대목에서도 "썩어빠진 대한민국이 / 외롭지 않다 오히려 황송하다 역사는 아무리 / 더러운 역사라도 좋다 / 진창은 아무리 더러운 진창이라도 좋다 / 나에게 놋주발보다도 더 쨍쨍 울리는 추억이 / 있는 한 인간은 영원하고 사랑도 그렇다"고 그는 처절할 정도로 이 땅 민중들의 삶과 역사에 대하여 생명력을 부여한다. 물론 "놋주발보다도 더 쨍쨍 울리는 추억"이란 시 구절 속에서 '추억'은 우리 모두의 '역사'를 가리킨다.

조선시대 말엽 이 땅에 들어왔던 실재의 인물 버드 비숍 여사를 시적 장치로 끌어들여서 드라마틱하게 서사적 이야기를 구축한 시「거대한 뿌리」에서 김수영은 이 땅의 저변을 지탱케 해왔던 이른바 민중(북쪽문학에서 사용하는 프롤레타리아트 계급과는 다른 개념)과 민중문화에 대하여 어쩌면 눈물겨운 애정까지를 보여준다.

"요강, 망건, 장죽, 종묘상, 장전, 구리개 약방, 신전, / 피혁점, 곰보, 애꾸, 애 못낳는 여자, 무식쟁이, / 이 모든 무수한 반동이 좋다"고 하는 대목이 그것을 예증한다. 재인용한 시구에서 '반동'은 이데올로기적 어휘가 아니라 너절한 것 같으면서도 사실은 오랜 역사 속에서 민중적 질서로 자리 잡아온 삶의 형식과 내용 그것을 표현하기 위한 역설에 다름 아니다. 욕설일 수밖에 없는 "아이스크림은 미국놈 좆 대강이나 빨아라" 하는 구절부터가 역설을 강조하기 위한 시적 장치로 등장하는 시구이다. 이런 표현기법은 시에서만 허용되는 결코 추하지 않은 풍자적 긴장미의 극치다.

배재경 시인의 시에서 김수영의 체취가 느껴진다. 앞서 말한 거의 욕설에 가까운 비속어, 거칠은 목소리가 툭툭 튀어나오는 것은 김수영의 실루엣이 일정 부문 비춰들었다. "비숍여사와 연애를 하고 있는 동안에는 진보주의자와 / 사회주의자는 네에미 씹이다 통일도 중립도 개좆이다 / 은밀도 심오도 학구도 체면도 인습도 치안국 /으로 가라 동양척식회사, 일본영사관, 대한민국 관리, / 아이스크림은 미국놈 좆대강이나 빨아라" 하는 강력한 욕설은 과거뿐만이 아니라 오늘날의 한국시에서도 읽을(볼) 수 없는 대단한 혹은 눈물겨운 그리고 아픈 풍자satire이다.

문학과 예술의 전 분야에서 고전주의적 엄숙함과 숭고함Hochheit을 중시 여긴 철학자 〈이마누엘 칸트〉가 읽었으면 깜짝 놀랄 그런 욕설과 비속어의 펀치력이 한국의 김수영에서는 먹혀들어 가지 않는다. 김수영 시인이 떠나버린 훗날, 오늘날의 배재경 시인의 경우에서는 비속어, 욕설, 뒤틀림이 거침없이 터져 나오고 있다. 마치 미국문학에서 '도시의 시인' 혹은 '시카고의 시인'으로 널리 알려진 〈칼 센드버그〉의 시 '시카고Chicago'의 밤거리에서 쏟아져 나오는 듯한 검고, 뒤집히는, 철판을 두드리는 듯한 굉음, 노동자들의 망치소리 따위가 터져 나오는 '삶에서의 욕설'이 거침없이 시 밖으로 출몰한다. 배재경의 시 '십팔 번을 버리자' '전범을 고발하다, 미쓰비시' '렘지어 매춘' 등에 나오는 투박하고 소박한 일상어(욕설)들이 그것이겠다. 그런 가운데 배재경 선생의 시는 이 시집에서 특히 '통일'을 그의 시의 목표로 혹은 '갈 길'로 삼고 있다. 이 땅 한반도의 내부 모순과 외부 모순, 부조리가 바로 분단에서 비롯되고 침투, 제공되고 있음을 그 또한 크게 느끼고 있는 것으로 파악된다.

부산을 떠나 서울에 도착하기까지
내 나라의 산과 들, 강줄기를 훑으며
부산과 서울이 40여 분으로 이어주는 가까운 거리임을
확, 인, 한, 다,
저 황하의 대륙과
비행기로 서너 시간을 대수롭지 않게 이동하는
아메리카의 땅덩이들을 생각하며
부러움과 왜소함으로
가슴 한 켠이 칼날에 배인 듯
붉은 피, 솟구치누나
오, 이 손바닥의 조국이여

아, 찢어진 삼족오의 깃발이여

어쩌다 이리저리 채이는 개밥그릇의 한 알 밥알로
우격다짐의 나날들만 탕진하고 있구나

40분의 상실과
40분의 뜨거움이 교차하는 서울 출장길

—「하늘에서 울다」

미국 병사가 전쟁을 끝내고
낡은 허리띠 하나 던져놓았다

소련 병사도 너무 지쳐
어깨띠 하나 아무렇게나 던져두었다

그 자리 뱀 허물처럼 흐물흐물 오래도록 썩어지누나

숲은 우거지고
새들은 끼룩끼룩 조잘거리고
산짐승들 지들끼리 동산을 이루는데

감히,
함부로,
범접할 수 없는 실락원이 되었는데,

보잘 것 없이 던져놓은 허리띠 하나, 어깨 띠 하나
촘촘히 철심만 박혀 쑥쑥 잘도 큰다

이보게, 미화원 양반
저건 우째 후딱 소거가 안되겠는가?

— 「DMZ」

　　배재경 시인은 부산과 서울을 40분간의 소요시간으로 날
아가는 비행기 속에서, 우리들의 또 다른 고향 북녘땅으로
는 더 이상 날아갈 수 없다는 반쪽 한반도 코리언타임Kore-
antime을 서글퍼 하고 분노한다. 내 생각을 피력한다면 배재
경 선생의 이번 시집에서 가장 호소력 있는 작품으로 내세
울 수 있는 시가 바로 '하늘에서 울다'가 아닐까 싶다. "가슴
한 켠이 칼날에 베인 듯 / 붉은 피, 솟구치누나 / 오, 이 손
바닥의 조국이여 // 아, 찢어진 삼족오의 깃발이여 // 어쩌

다 이리저리 채이는 개밥그릇의 한 알 밥알로 / 우격다짐의
나날들만 탕진하고 있구나"라고 분단상황을 한탄하는 시인
은 예의 부산발 서울행 비행기 속에서 "40분의 상실과 / 40
분의 뜨거움이 교차하는 서울 출장길"에서 내일 그가 가야
할 시의 길을 찾고 있는 것처럼 보인다. "미국 병사가 전쟁
을 끝내고 / 낡은 허리띠 하나 던져놓았다 // 소련 병사도
너무 지쳐 / 어깨띠 하나 아무렇게나 던져두었다"고 하는 저
분단을 고착화시킨, 앞으로도 더욱 고착화시키려고 '밤의 고
양이'처럼 눈에 불을 켠 비무장지대 'DMZ'!

이제 그럼 한반도의 통일은 어떤 방법이 가장 바람직한 것
일까. "민족통일이 먼저냐? 평화공존이 먼저냐?" 위와 같은
화두가 주어졌을 때 사람들은 대체적으로 망설일 것이다. 남
북통일로 가는 과정에서 평화통일은 '역사의 신(God)'으로부터
사랑과 자비를 부여받아야 함에도 불구하고 말이다. 독일의
철학자 프리드리히 헤겔이 그의 책 [역사철학]에서 말한 것
처럼 그 민족의 구성원들이 끊임없이 역사를 향하여 애정과
몸부림과 노력을 쏟아야 통일은 가능하다는 것이다. 그리하
여 오늘 나는 '평화공존→민족통일'의 수순을 따른다. 물론
민족통일이 이루어지고 평화공존이 이루어지면 좋으련만
그것은 지금까지 인류의 역사에서 보듯이 위험한 방법이라
고 생각한다. 6·25한국 전쟁과 베트남전쟁 참전(투입), 정치
적 혼란과 변동기를 같이해온 필자(1948년생)는 민족통일을
상위개념으로 삼되 그 과정인 '평화프로세스(Peace Process)'를
우선으로 삼는다. 남과 북이 서로를 △상호교류 → △상호

인정 → △상호통합+알파(A·α)의 3단계를 밟아가는... 프로세스를 통일의 최선의 방법으로 생각한다.

　그래서 나의 경우는 지금 역사의 아름다운 찬스를 꿈꾼다. 남과 북의 아름다운 만남을 꿈꾸는 것이다. 문학에 종사하는 나는 문학 또한 통일작업에서 한 몫을 할 수 있다고 희망을 걸고 있다. 베를린의 장벽이 무너지고 동서독이 통일을 이룬 바로 그해, 나는 바흐의 협주곡으로 유명한 '브란덴부르크 문' 가까운 카페에서 동독의 작가동맹을 지냈던 소설가 '아우라' 씨를 만났다. 그가 내게 털어놓은 말이 지금도 생생하게 들려온다. "통일에는 정치 경제사회문화의 통일이 한 몸으로 작동합니다. 그런데 40년 동안의 분단을 겪고 나서 오늘날 독일이 힘들어하는 것은 문화통일 ; 즉 민족동질성의 회복을 위한 정서의 통일이 가장 중요하다는 사실도 실감합니다. 그러함의 뜻에서 문학·미술·음악·연희를 주업으로 하는 문화인들의 노력은 정말 중요합니다." 남북 간 문화통일 분야에서 아우라 의장의 말은 시사점을 주었다.

　그리하여 나는 어느 날 문득 다가올 남북 간의 통일을 '준비'해야 한다고 말에 힘을 준다. 미래를 전망하면서 돌이켜보자. 일본제국주의가 35년간의 강점기를 통해 원인과 결과를 제공한 6·25한국전쟁(Korean War)과 분단! 2022년 오늘의 현시점에서 바라볼 때 이 땅의 모든 비극은 '분단'에서 비롯되었다. 남쪽은 남쪽대로 북쪽은 북쪽대로 '하늘 아래서... 역사 속에서' 누려야 할 평화를 누리지 못했다. 모든 것들이 갈라지고, 뒤틀리고, 엎어지고, 찢어지고, 전혀 다른 불확실

한 색채로 물들여지고, OX문제처럼 양자택일만을 강요해온 잔인하고 바보스런 분단체제와 분단문화 속에 갇혀 살아온 (견뎌온) 것이 한반도 우리들이 아니던가. 1950년 6·25한국전쟁의 기점에서 분단 70년, 1945년의 '8·15'(해방공간 5년)와 함께 시작된 77년의 분단의 역사 속에서, 한반도는 지금도 찢어져 있다. 할아버지가 총으로 쓰러진 자리에서 아버지가 총을 잡고, 아들도 총을 들고, 그 아들의 손자도 총구멍을 닦고 있는 게 오늘 우리들 한반도가 아닌가. 그래서 나는 배재경 시인의 시구를 가져와 깊이 생각한다.

새해 아침 해가 눈시울 붉게 충혈된 채 떠오른다
세계의 시계는 독선과 오만의 초침만 분주히 질주 중이다
대한민국의 시계도 세계화에 발맞추어 독선과 오만의 항해 중이다

아메리카는 동아시아의 패권 때문에 새해가 오기 전
일본과 한국의 협력을 종용한다, 아니 협박한다
아베는 얼씨구나 지화자 조오타! 얼른 10억엔을 동냥주듯 내던지고
대한민국 정부는 위안부의 몸서리치는 고통이며,
36년 망국의 서글픔 따위 개나 줘버려라!
오바마 눈치 보기에 매달려 무조건 꾸욱 도장을 찍었다
아! 우리 국민의 자존은 어디서 찾는가?
사람이기를 망각한 군국주의의 참상을 증언하기 위해 두

눈 시퍼렇게 뜨고
　밤마다 살을 파내는 고통을 매일 되내이며 버텨온
　조선의 할머니들은 어떡하라고, 당신의 어머니들은 어떡
하라고
　오랜 침묵 속에서도 자존심만은 지키고자 했던 우리 백
성들은 어떡하라고
　'대한민국'이 '대한민국'이 국민을 외면하였는가?

　"나라 없는 백성이 어디 있으며 백성 없는 나라가 어디
있느냐"
　무수한 적장들과 마주한 선조들의 외침이 심장을 파고드
는데,
　고구려, 고려, 조선, 대한민국……
　왜 자꾸 우리의 땅덩이는 작아지고 국론은 분열되고
　갓잖은 이웃나라에 이다지도 외면당한단 말인지
　삼족오 깃발을 만주대륙에 휘날리던 우리 민족이
　세계에서도 유례없는 오천 년의 긴 역사를 지닌 우리 민
족이
　아직도 이웃의 틈바구니에서 울며울며 굴욕을 당하고만
있단 말인가?

　그래, 우리가 우리로 당당히 세계인들에게 마주할 수 있
는 것
　미국과 일본과 중국과 러시아를 향해 당당히 손사래를
칠 수 있는 것

뼈저린 고통을 견뎌온 우리의 할머니들을 쓰다듬을 수
있는 것
　내 아이들에게 우리의 역사를 당당히 기록할 수 있는 것
그건, 통일뿐이다!
　남들이 부러워, 시기 질투하는 통일!
　우리 민족이 더 이상 굴욕의 협상을 당하지 않는 통일!
세계에 '대한민국'을 소리 높여 부를 수 있는 통일!
　통일만이 우리가 살길이구나

　나부터 구두끈을 고쳐매자
　나부터 심장에 가두어둔 굴종의 역사를 바로잡자
　나부터 허울에 갇혀 지내는 우를 범하지 말자
　나부터 우리 아이에게 당당히 통일을 이야기 하자
　더 이상 늦기 전에.....
　나부터....
　　　　　- 「통일뿐이다 - 우리는 언제까지 외면당해야 하는가?」

　아메리카의 대통령은 트럼프에서 바이든으로 바뀌었지만
그리고 일본 총리는 아베에서 기시다로 바뀌었을 뿐 오히려
한반도를 향한 목소리와 실제 행동에서 엑센트가 더 높다.
"아메리카는 동아시아의 패권 때문에 새해가 오기 전 / 일본
과 한국의 협력을 종용한다, 아니 협박한다"고 배재경 시인
은 '통일뿐이다-우리는 언제까지 외면당해야 하는가?'라는
시의 서두에서 사실 그대로 말하고 있다.
　"나라 없는 백성이 어디 있으며 백성 없는 나라가 어디 있

느냐" / 무수한 적장들과 마주한 선조들의 외침이 심장을 파고드는데, / 고구려, 고려, 조선, 대한민국..... / 왜 자꾸 우리의 땅덩이는 작아지고 국론은 분열.....을 되풀이하고 있는가를 개탄한다. "우리가 우리로 당당히 세계인들에게 마주할 수 있는 것 / 미국과 일본과 중국과 러시아를 향해 당당히 손사래를 칠 수 있는 것 / 뼈저린 고통을 견뎌온 우리의 할머니들을 쓰다듬을 수 있는 것 / 내 아이들에게 우리의 역사를 당당히 기록할 수 있는 것 / 그건, 통일뿐이다!"라고 큰 노래처럼 외친다.

시인 배재경은 "더 이상 늦기 전에.....나부터...."나부터 구두끈을 고쳐매자" 하면서 자신부터 "구두끈을 고쳐매"야 하는 것이라고 스스로 다짐한다. 사실 참다운 시는 고요한 강물을 노櫓 저어 가다가도 그의 민족이 혹은 그의 민중이 혹은 그의 나라 사람들이 절벽 앞에 놓였을 때는 물러서지 않고 예언, 선언하는 것이 아니던가. 잠깐 구약Old Testament을 빌려와서 말한다면 선지자요 예언자로서 '하느님의 입술'이었던 에레미아Jeremiah는 그의 민족의 앞날을 예언하면서 지도자와 백성들이 바른길로 나아갈 것을 주창했다.

배재경 시인의 시집 『하늘에서 울다』 발문을 마무리 지으면서 나의 시 '경고, 아마겟돈Armageddon!'을 바쳐 올릴까 한다. (정말 그럴 리야 없겠지만, 아니 가정을 해서도 안 되리라)...... 한반도에 전쟁상황이 발발한다면 1950년 6월에 발발한 6·25한국전쟁과는 비교가 되지 않을 것이다. 그야말로 돌이킬 수 없

는 대재앙 : 아마겟돈Armageddon의 결과가 될 것이다. 하지만 하느님하눌님께서는 이 극단적 상황까지는 "우리를 시험에 들게 하지는 않을 것"으로 믿고 또 그렇게 하시기를 온몸으로 기도한다. 아마겟돈이 출몰할지도 모르는 원인과 비극적 '죽음의 에너지'를 해소하기 위해서는 앞서 말한 대로 한반도의 남과 북은 대결보다는 먼저 '상호교류 → 상호인정 → 상호통합+a'라는 아름다운 수순Beautiful Process을 밟아가야 할 것이다.

> 하얀 옷 백합의 향기여 우리 사람들의 몸이여
> 해와 달이 거꾸로 돈다한들 그럴 리야 없겠지만
> 남북이 서로 눈감고 불총을 쏘면 하늘에 젖을 물려준
> 어머니의 말씀을 버리면 아마겟돈 쾅쾅, 우주가
> 폭발하는 소리?! 그래, 한반도는 풀 한 포기커녕
> 꽃 한 송이 피지 않고 새 한 마리 날아오지 않을
> 것이다 두드릴 목탁은커녕 십자가를 만들어 세울
> 한 그루 나무도 자랄 수 없을 것이다!
>
> ─「경고, 경고, '아마겟돈(Armageddon)!'」

'경고, 아마겟돈Armageddon!' 이것을 끝으로 하면서 떠올리는 얘기가 있다. 수 년 전 김정은 북한 국무위원장과 도널드 트럼프 미 대통령이 싱가포르 센토스섬에서 가진 제1차 북미정상회담 직후, 트럼프 대통령은 200여 명의 백악관 출입기자들에게 말했다. "미국의 수도 워싱턴 인구는 800만입니다. South Korea의 수도 서울의 인구는 1,200만입니다. 한

반도에 전쟁이 터지면 2,000만에서 3,000만 명이 죽습니다. 그래 나는 여기 싱가포르에 17시간 비행기를 타고 달려왔습니다. 남북 코리아의 사람들을 살려야겠다는 생각 그 일념에서였을 뿐입니다. MIT공대, 저명한 교수는 내게 말했습니다. 북한의 핵 완전폐기 예컨대 '완전하고 검증 가능하며 되돌릴 수 없는 핵 폐기'(CVID : Complete, Verifiable, Irrreversible Dismantlement)는 '40년'이 소요된다고 했습니다." 한반도에 전쟁이 발발하면 "두드릴 목탁은커녕 십자가를 만들어 세울 한 그루 나무도 자랄 수 없을 것이다"라는 것을 나의 시 '아마겟돈'도 경고한다!

병아리가 달걀 껍질을 깨뜨리고 나오기 위하여서는 어미 닭과 행동을 같이 해야 한다. 어미는 껍질 바깥에서 쪼고 병아리는 껍질 안에서 쪼는 것을 두고 옛 고사성어에서는 '줄탁동시啐啄同時'라고 말한다. 세상의 모든 진리가 그러한 것처럼 자연의 이치가 그러하듯이, 한반도의 통일은 바로 남과 북이 동시에 껍질(분단의 장벽)을 깼을 때 가능한 것이다. 바로 이 방법, 이 길만이 한반도에 평화통일을 가져온다는 것이 통일의(통일에의) 자연법칙이다. 대한민국 제2의 도시 항도 부산......배재경 시인께서 주간, 발행인이 되어 펴내는 시 전문지《사이펀》창간호에 게재한 나의 시「한반도 어머니」,「원효元曉 1. 2. 3」을 올려드린다.

지상에서는 / 자식들에게 / 옷고름 풀어헤쳐 / 통젖을 물려주시고 // 하늘에 가서는 / 아버지가 싸질러놓은 / 저

수많은 별들에게 / 반짝반짝 빠짐없이 / 젖꼭지를 물려주시는 // 아 한반도 / 둥근 사랑 / 우리의 어머니! / 지금은 어디에 계신지요 / 내일은 어디에 계실는지요

– 「한반도 어머니」

1. 경주 남산 정상 / 돌부처 뱃속 열고 / 요석공주 등에 업고 / 왕궁을 빠져나가는 큰스님

2. 우리 원효님 이윽고 오시네 / 동서남북 벽선을 두루 마치고 / 누워 천정 올리는 와선 마치고 / 하얀웃 돌 속으로 들어가시네 / 춤추며 쇳덩이 같은 돌 속으로 / 들어가 둥근 해 들고 나오시네 / 춤추며 쇳덩이 같은 시공 속으로 / 들어가 둥근 달도 들고 나오시네 / 꽝꽝 돌 속 연꽃 꺾어 나오시네

3. 원효는 말했다 의상義湘더러 삼국통일 안되도 좋으니 제발 전쟁하지 말자고 원효는 피를 토하며 보리수나무 목탁을 쳤다 고구려 백제 신라 사람들 총칼로 서로 죽여서는 안된다고 궁극으로는 통일해야 한다고…그래서 당나라를 가다가 발길을 되돌렸다 그의 깨달음 해골바가지 물도 화쟁 일체유심조도 그렇게 하여 경주 토함산 석굴암대불 되었다 요샛말로 중국 미국도 가지 않고 러시아 일본일랑 가지 않고 한반도 삼천리 석굴암대불이 되었다

– 「원효元曉 1.2.3」

배재경 선생의 새로운 형식의 시 '기사시記事詩'에 거듭 주목하면서 이 힘든 시절에 펴내는 그의 시집에 경하의 인사를 드린다. 더욱 건강하시고 평화하시길 축원한다. 그가 한반도의 평화를 위하여 "구두끈을 고쳐매"는 그의 시의 앞날에 건승을 빈다! 멀리 부산 앞바다에서 철썩거리는 파도소리를 들으면서 손 모아 합장合掌!!

2022년 12월